图书在版编目（CIP）数据

密室黄金时代的杀人事件 /（日）鸭崎暖炉著；佟凡译. -- 北京：北京日报出版社，2023.3
ISBN 978-7-5477-4438-3

Ⅰ.①密… Ⅱ.①鸭… ②佟… Ⅲ.①推理小说—日本—现代 Ⅳ.① I313.45

中国版本图书馆 CIP 数据核字 (2022) 第 233363 号

MISSHITSU OUGONJIDAI NO SATSUJIN -
YUKI NO YAKATA TO MUTTSU NO TRICK
Copyright © Danro Kamosaki 2022
All rights reserved.
Original Japanese edition published by Takarajimasha, Inc., Tokyo.
Chinese (in Simplified character only) translation rights arranged with Takarajimasha, Inc.
through BARDON CHINESE CREATIVE AGENCY LIMITED
Chinese(in Simplified character only) translation rights © 2023 by Tianjin Staread Cultural Communication Co., Ltd.

著作权合同登记图字：01-2023-0741

密室黄金时代的杀人事件

出 品 人：柯　伟
选题策划：刘思懿
责任编辑：王　莹
特约编辑：刘思懿
封面设计：尬　木
封面绘画：XuAn
版式设计：李琳璐
出版发行：北京日报出版社
地　　址：北京市东城区东单三条 8-16 号东方广场东配楼四层
邮　　编：100005
电　　话：发行部：（010）65255876
　　　　　总编室：（010）65252135
印　　刷：北京盛通印刷股份有限公司
经　　销：各地新华书店
版　　次：2023 年 3 月第 1 版
　　　　　2023 年 3 月第 1 次印刷
开　　本：880 毫米 ×1230 毫米　1/32
印　　张：9.5
字　　数：195 千字
定　　价：49.80 元

版权所有，侵权必究，未经许可，不得转载

密室黄金时代的杀人事件

［日］鸭崎暖炉 著　佟凡 译

北京日报出版社

「证明密室无法解开与不在场证明拥有同样的价值」

——节选自东京地方法院法官黑川千代里的判决书

人物介绍

探冈英治 ………… 二十五岁，密室侦探。

社晴树 ………… 四十五岁，贸易公司社长。

石川博信 ………… 三十二岁，医生。

长谷见梨梨亚 ………… 十五岁，初三学生，国民女演员。

真似井敏郎 ………… 二十八岁，梨梨亚的经纪人。

芬里尔·爱丽丝哈扎德 …… 十七岁，英国人。

神崎觉 ………… 三十一岁，宗教团体"晓之塔"的神父。

诗叶井玲子 ………… 二十九岁，雪白馆经理。

迷路坂知佳 ………… 二十二岁，雪白馆女仆。

葛白香澄 ………… 十七岁，高二学生。

朝比奈夜月 ………… 二十岁，大二学生。

蜜村漆璃 ………… 十七岁，高二学生。

雪白馆｜示意图

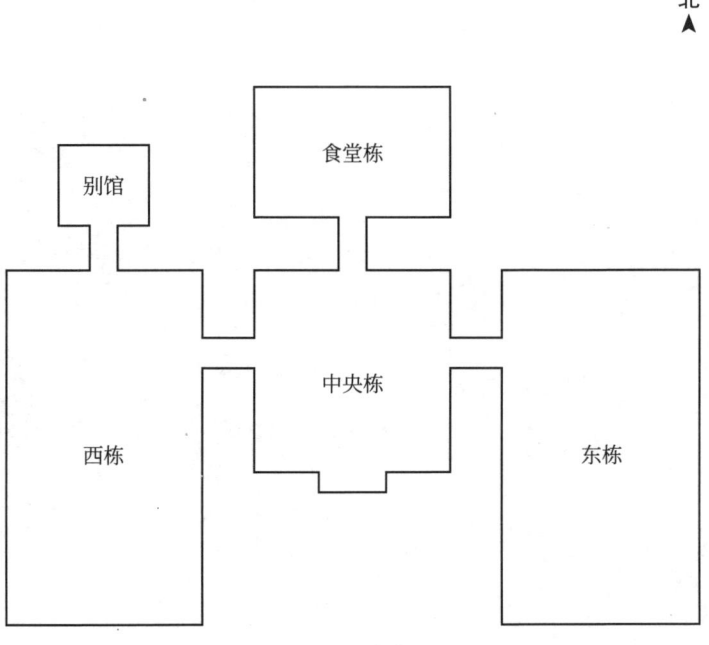

作者序

此次拙作能在中国出版,我非常开心。

我从二十三岁开始写小说,如今已年近不惑,算起来已经坚持将近十五年了。在这近十五年里,我一直在向各种各样的小说新人奖投稿,其间几乎没有让亲朋好友看过我的小说,所以新人奖的审查员是我小说的唯一读者。因此,我的每部作品其实只有一到两名读者,花费数百小时辛苦写就的作品,几乎没有被人看过就消失了——这就是我近十五年来每一天的生活。那些日子很辛苦,而且过得非常屈辱,我以为这辈子会在得不到任何人认可的情况下结束。到了三十多岁,这种想法越来越强烈。

这本《密室黄金时代的杀人事件》改变了我当时的状况。在日本最大规模的推理小说新人奖"这本推理小说了不起!"中,本作获得了文库金奖,我终于能够以职业作家的身份出道,并且让日本的很多读者看到了这本小说。回想起我给新人奖投稿的时代,只有寥寥数名读者的过往,这简直是令人难以置信的奇迹。我无法想象自己的人生会发生如此美妙的事情。当然,我一直希望能够发生这样的好事,可一旦真的置身于如今的情况,我依然感到了远超想象的欣喜——这是一段幸福的经历,甚至不太现实。

接着，这部作品有了正式出版中文版的机会。因为距离在日本出版还没过多久，所以我感到非常荣幸。有人觉得我的小说很有趣，希望能在海外出版——我想这是最让作家感到骄傲的事情了。听到消息时，我真的很开心，如今进行到能够实际出版的阶段，更是让我感到欣喜。

海外读者能够看到我的小说，这件事真的就像做梦一样。和我住在不同的国家，和我说着不同的语言的人们，能够看到我的小说——对我来说简直像童话或者异世界的幻想故事一样，仿佛并不是现实，一想到随着作品出版，幻想即将变成现实，我感到非常不可思议。

在此我希望，每位阅读这本书的读者，都能感到愉快。

——鸭崎暖炉

目录

001　楔　子　日本第一起密室杀人案发生三年后

005　第一章　密室时代
098　　　　　回想1　三年前·十二月

103　第二章　密室诡计的逻辑解释
143　　　　　回想2　三年前·十二月

147　第三章　双重密室

173　第四章　密室揭秘
208　　　　　回想3　一年前·七月

213　第五章　真正意义上的完美密室
253　　　　　回想4　四年前·四月

255　第六章　密室崩塌
281　　　　　幕间　以密室为名的免罪符

283　后记　日本第一起密室杀人案发生三年零一个月后

293　第20届"这本推理小说了不起！"大奖选拔结果

楔子 ——日本第一起密室杀人案发生三年后

一个男人在三年前的冬天被杀害,这起案件被当成日本第一起密室杀人案。幸运的是,嫌疑人很快被捕且证据确凿,唯一的问题在于现场处于不可能发生犯罪的状态,警方对此不知该如何处理。

没错,就是不可能发生犯罪的状态。现场是完美的密室,没有任何一名警察或者检方人员能够解开密室之谜。所以,那起案件中最重要的问题,当然也是审判时的争议点,正是密室之谜。

在一审判决时,检方主张:"现场是密室并不重要。基于客观证据,足以证明被告就是凶手。既然如此,杀人手法只不过是细枝末节,总之被告就是想办法杀了人。方法确实存在,只是被告隐瞒了而已。因此,现场处于不可能发生犯罪的状态这一点,绝对不能成为判定被告无罪的依据。"

与此相对,辩护方坚持认为:"根据我国的审判制度,犯罪不可能完成本来就有重要的意义。最好的证据就是不在场证明,假设被告拥有完美的不在场证明,在我国一定会被判无罪,因为被告不可能有机会或条件实施罪行。这次的密室状态与此相同,只要现场是密室,那就意味着不仅是被告,而是世界上任何一个人都不可能完成犯罪。因此,完美的密室现场与被告拥有完美的不在场证明具有同等价值。尽管如此,对方却在面对密室时主张'被告就是想办法杀了人''虽然不知道方法,可是被告一定想办法做了',对不可能犯罪的事实置之不理,这明显缺乏一致性,与其他刑事案件的判例相矛盾。"

前所未闻的密室审判就这样以密室为中心进行着，东京地方法院的法官最终接受了辩护方的意见。也就是说，"证明密室无法解开与不在场证明拥有同样的价值"——鉴于被告不可能完成犯罪，所以判决被告无罪。

二审也接受了一审的无罪判决，而最高法院驳回了检方的上诉。

这次判决给全国人民的内心都留下了巨大的冲击。无论情况多么可疑，只要现场是密室，就能确保嫌疑人无罪。在某种意义上，下判决的瞬间，相当于司法认可密室价值的瞬间。在为数众多的推理小说中曾经遭到蔑视的密室杀人领域不再是"没有意义的行为"，密室在现实中的立场因为这个判例而逆转。

这就是那次事件微不足道的"功"，而那次事件的"过"则简单易懂。地方法院的判决出来后不到一个月，就发生了四起密室杀人案。第二个月甚至发生了七起，密室像流行病一样向全社会扩散。

……

此后三年间，国内一共发生了302起密室杀人案。

这就意味着全国每年发生的杀人案中，有三成都是密室杀人。

第一章

密室时代

女人似乎非常兴奋，唾沫横飞地冲着"我"滔滔不绝。不过想起来，她也有莫名安静的时候。"我"想：她的情绪真不稳定啊。

"我"开口询问得知，女人似乎是集体自杀的幸存者。她和自杀网站上认识的人一起去了深山里的废旧房屋。那里有给每个人准备的一杯水，杯子里放了乌头碱、氰酸钾或者河豚毒素。然而其中一个杯子里没有下毒，而是放了安眠药。

"嗯，你明白是怎么回事吗？"女人说，"只有一个人会活下来。"

是这么回事，"我"想。

"而喝下安眠药的人就是我。"

看起来很明显，"我"想。

"真是的，事情麻烦了。我本来打算和大家一起和和睦睦地死掉，结果现在却在这种生意萧条的店里喝咖啡。"

"这不是挺好吗？""我"说，"生命很宝贵啊。"

女人抿嘴一笑："你竟然会说这种话？"

"我"喝了一口咖啡，咖啡很难喝，虽然是我自己泡的。看来"我"似乎没有泡咖啡的才能。

更准确地说，我只擅长一件事。

制造密室。

"总之，我活下来了。"女人说，"所以来见你了。"

女人指着"我"的脸。

"来见你,密室操纵师。"

…

"香澄,吃百奇饼干吗?"

我望着车窗外的景色,坐在对面的朝比奈夜月递过来一盒百奇饼干。我说了一句"要吃",从她手里的盒子中抽出一根。我把饼干叼在嘴里,视线又转向窗外。十二月的景色配合列车行进的速度在不断后退。虽然没有积雪,但草木都枯萎了,入眼一片凄凉。我心中不由得涌起一股厌倦的情绪。

夜月边吃饼干边说:"怎么了,厌倦了吗?难道你的目标是成为诗人,每天睡觉前在本子上不停地写下自己的作品?"

总之,我听出了这家伙看不起诗人。

我敷衍地说:"诗这种东西,初中以后我就没再写过了。"

"原来你初中时写过啊?"

"普通初中生都会写吧。"

"我不知道你的普通是什么标准。不要拿你的标准和大众的标准做比较。"

不知为什么,我被她训了一通。顺带一提,香澄是我的名字,我姓葛白,葛白香澄。所以上小学时,我有一段时间被叫作"人渣"①。和木村拓哉被昵称为"木拓"是一个用法,意思却完全不同。

---

① 葛白香澄:日语中读作 kuzushiro kasumi,姓和名的第一个字组合起来,读音和日语中的"人渣"(kuzukasu)一样。木村拓哉在日语中读作 kimura takuya,姓和名的第一个字组合起来就是 kimutaku(木拓)。——译者注(本书中所有脚注均为译者注)

老师甚至在班会上训斥大家："你们不要再把葛白同学叫人渣了。"那次班会上我非常伤心，还把这件事告诉了夜月，她的鼓励方式让我不明所以："你的名字里有'葛'还有'香澄'，听起来就像俳句里的季语①哦。"

夜月是我的青梅竹马，二十岁的大二学生——比在上高二的我大三岁。她有一头蓬松柔顺的齐肩长发，染成了浅褐色，五官非常端正。"一天内有七个星探找上我"是她最引以为傲的事情，虽然其中四个是夜总会的人，两个是请她去当美容院的发型模特。不过她坚持表示："剩下的一家可是正经的娱乐公司啊，真可惜。不过我的性格就像反复无常的猫，果然还是不适合娱乐圈那种有很多条条框框的工作。"

确实，夜月是一只反复无常的猫，恐怕不适合娱乐圈。更准确地说，她就不适合工作。她有一个特技，不管在什么样的地方打工，都能在一个月之内被炒鱿鱼。

这只如此反复无常的猫，此时正吃着百奇饼干玩手机。然后，她发出了一声惊叫。

她目不转睛地盯着手机说："喂，香澄，好像又发生密室杀人案了。"

"诶，真的假的？"

"嗯，在青森。说是县警刑事部门的密室科正在搜查。"

我拿出自己的手机确认消息。看起来的确是真的，这个国家的密室杀人案一如既往地泛滥。

---

① 季语：日本俳句中需要使用的，能代表季节的词语。

"真是个奇怪的时代啊。"夜月边吃百奇饼干边说。

千真万确,我心想。以一起杀人事件为开端,社会发生了翻天覆地的变化。三年前,日本发生了第一起密室杀人案,从那以后,这个国家的犯罪类型就一直围着密室转。

…

我们下车的地方是无人车站。我和夜月在空无一人的站台上伸了个大大的懒腰,关节嘎吱作响。三个小时的车程,姑且还算是一段长途旅行。

"那么,我们今天住哪里?"

"嗯。"听到我的问题,夜月一边走一边看着手机回答,"从这里坐车坐到半山腰,后面的路车就不能走了,好像只能步行。"

"车只能开到一半吗?"

"对,要走一个小时左右。"

"挺远的啊。"虽然有益健康。

我们两个穿过检票口,来到车站前的环岛,坐上一辆出租车。夜月把目的地告诉了出租车司机。

"麻烦开到雪白馆。"

…

雪白馆现在是一座酒店。我们之所以利用寒假来到这里,是因为一个月以前,夜月来我家拜访。说是拜访,其实她来得挺频繁的。不过那天,夜月确实是带着目的而来。她喝着我泡的咖啡,开门见山地说:"香澄,我要去找夜帝。"

我当时的想法是,她终于还是脑子不正常了吗?

"那个,你说的夜帝……"

"你不知道吗?是一种UMA(未确认生物体)哦。大大的,毛茸茸的,简单来说就是雪男①啊。"

不是,我知道雪男是什么,问题是她打算怎么找呢?

"你看啊,我不是特别喜欢UMA嘛,从懂事起就开始买超自然杂志《MU》了。"

说到这里,我好像确实看见过夜月读《MU》。

为了吞下快到嘴边的叹息,我含了一口咖啡。

"总之,请你努力吧。"我真诚地说,"我想寻找雪男会很难,不过我会为你祈祷,祝你平安归来。"

希望这不会成为我们最后一次见面。要是青梅竹马因为去寻找雪男而失踪,那可太让人伤心了。

结果,夜月看着表情真诚的我,无可奈何地叹了一口气。

"你在说什么呢?香澄,你要和我一起去哦。"

说什么呢?我想。

"你是说我也要去喜马拉雅吗?"

我对青梅竹马的爱还没有那么深。结果夜月又带着无可奈何的表情对我说:"你在说什么呢?香澄,我们要去的不是喜马拉雅,是埼玉哦。"

我觉得她终于还是脑子不正常了。

---

① 雪男:传说中的大型未知猿类生物。

我使劲揉了揉眼睛,她的脸上充满自信,看起来是认真的,虽然我希望是哪里弄错了。

我认认真真地询问:"嗯,为什么要去埼玉找雪男呢?"

"当然是因为雪男就在那里啊。"

那语气仿佛在说,因为山就在那里①!

"埼玉不会有雪男吧?"

"有的哦,因为叫埼玉雪男嘛。"

"埼玉雪男。"

听起来像日本职业足球联赛里的球队队名。

"冰河时代,日本是和大陆连在一起的哦。"夜月得意扬扬地说,"所以当时日本和喜马拉雅之间是连通的,可以步行前往。"

"你是说,雪男在冰河时代从喜马拉雅来到埼玉了吗?"

"对,这是有可能的吧。"

绝对有可能。

"就是这么回事,香澄,和我一起去埼玉找雪男吧。"夜月探出身子说,"一定会留下终身难忘的回忆。"

去埼玉找雪男这种回忆,确实会终身难忘吧。

……

我思索片刻后下了结论。

嗯,我是不可能去的呢。

我理所当然地拒绝了,然后夜月死缠烂打地恳求我。

---

① 英国著名登山家乔治·马洛里的名言。当记者问他"为何想要攀登珠穆朗玛峰"时,他的回答是:"因为山就在那里!"

"拜托了，香澄，一起来吧。你想让我一个人寂寞地旅行吗？"

"不是，你和朋友一起去就好了。"

"你在说什么啊。如果我说要去埼玉找雪男，朋友肯定会大吃一惊，不是吗？"

"你还保留着常识这一点反而让我大吃一惊。"

我甩开缠着我不放的夜月。她大叫了一声，最终瘫倒在床上有气无力地叹着气。

"听我说嘛，香澄。"

"好。"

"这次去找雪男对你也是有好处的。"

我怀疑地歪了歪头问："对我有好处？"

"对，有好处。"夜月坐在床上说，"不需要护发素的洗发水①。"

这个梗有点老了啊。

她竖起食指，得意扬扬地抬头看着我。

"这次住宿预约的酒店可是那个雪白馆哦。"

"雪白馆？"我微微侧了侧头。那是什么？这名字好像在哪里听到过。

"啊呀，就是你喜欢的那个雪城白夜。"

"啊，是那座宅子啊！"

夜月看着突然兴奋起来的我，得意地笑了笑。我看着她那副可恶的样子有些火大，佯装冷静地咳嗽了一声说："原来如此，计

---

① 谐音梗。日本花王有一款名叫"merit"的洗发水，和英文"好处（merit）"发音相同。

划要住在雪白馆吗?"其实心里已经兴奋得不得了。

雪城白夜是一位真正的推理作家,尤其擅长写密室。作为一位人气作家,虽然他在七年前去世了,但是如今在书店依然能看到不少他的作品。

我也是他的忠实粉丝。大众普遍认为他的代表作是《密室村杀人事件》或者《密室馆杀人》,不过粉丝们的意见很统一,他真正的代表作并不在其中。他真正的代表作不是小说,当然也不是电视剧、漫画或者电影。

而是实实在在的案件。

十几年前,雪城白夜邀请作家和编辑来到他的宅邸中,举办了一场家庭派对。美食美酒和白夜的独特魅力让那场派对非常热闹,可是派对上发生了一件事。

事情很小,甚至可以说是恶作剧,没有人受伤。只是,在宅子中的一间屋子里发现了一个被刀刺穿胸膛的法国人偶。

那间屋子是一间密室。门从房间内上了锁,可以打开房间的唯一的钥匙也在室内发现了,而且不仅仅是发现,钥匙装在玻璃瓶里,瓶盖盖得很紧。

俗称瓶装密室。

事情发生之后,白夜嘴边一直带着诡异的笑,任何人看到都会恍然大悟,明白制造那次事件的人就是他,这是派对的主办者之一白夜设下的推理游戏。

既然如此,有什么理由不接受挑战呢?

在场的作家或者编辑都是同行,所有人对密室都有独到的见解。于是大家立刻开始七嘴八舌地议论，渐渐发展成了即兴推理大赛。

参加派对的人都表示"很开心"，而且最后一定会加上一句，"不过要是能解开谜题就更开心了"。

密室诡计没有被解开。

这就是雪城白夜真正的代表作——"雪白馆密室事件"。当然，因为不是刑事案件，所以不需要审判，不过那件事比三年前日本的第一起密室杀人案还要早七年。

十年都没能解开的密室。

那间密室如今依然是推理迷之间的谈资，雪白馆作为现场，成为推理迷无论如何都想去看一看的人气朝圣地。尽管雪白馆如今已经转手给其他人，还被改造成了酒店，不过据说只有那间密室还保留着当时的状态，为了实现诡计而留下的痕迹也保持着原状。

于是这一次，夜月是想用雪白馆当饵把我拉上。虽然有些可恶，不过我还是中了她的计。雪白馆的规矩有些奇怪，只允许客人常住——具体来说，就是必须在馆内逗留一周以上，若要留宿，则注定要花一大笔费用。我不知道这次夜月从哪儿凑出了这么多钱，不过要是能免费去一趟雪白馆，那真是再好不过了。顺便小小地助她一臂之力，帮她找找雪男也未尝不可。

…

下出租车后走了差不多一个小时，一座五十米左右的木质吊桥出现在我们眼前。一条深深的山谷仿佛将森林截成了左右两半，这座木桥连起了山谷两端，看起来不太结实。从桥面到谷底的深度大约有六十米，两岸都是悬崖峭壁，一看就知道不可能沿着崖壁爬上或爬下。

夜月探头看了看谷底，发出一声惊叹。

"哇，掉下去肯定会死吧。"

她说了一句废话。不过掉下去确实会死，所以我们过桥时都战战兢兢的。过桥后又走了五分钟左右，没有修过的山路对面出现了一道白色围墙。围墙相当高，大概有二十米。

围墙中央是一扇大门，我们见门开着，便走了进去。门边有监控，镜头捕捉到了我们这两位客人。

对，我们是客人。围墙里是一片庭院，庭院中央矗立着我们这次的目的地，雪白馆酒店。那是一座比白色围墙更加洁白的白墙，"雪白馆"正如其名，是一座新雪颜色的建筑。

围墙里的庭院很宽敞，与其说是庭院，不如说只是用墙壁围起雪白馆周围的土地。树很少，地面也只是裸露的黑土，甚至没有花坛之类的装饰。

我们走到玄关前，一个穿着女仆服装的金发女人正在抽烟。她二十岁上下，长发及肩——不是本来的发色，像是染过的样子。她长得很漂亮，没有化妆，给人以清爽的印象。女仆注意到我们的到来，从口袋里取出便携式烟灰缸，恋恋不舍地按灭了烟头。

"请问两位有预约吗？"女仆冷淡地问。

"对，我是预约过的朝比奈。"夜月说。

女仆轻轻鞠了一躬，"久等了，里面请。"

听女仆的口吻，会让人怀疑她是不是真的在等我们，总的来说就是不够热情。不，或许不是不够热情，而是干劲不足。

穿过玄关大门就正式进入了雪白馆。女仆走在从玄关延伸出去的一条短短的走廊上，像突然想起来什么似的，照本宣科地说："我是这座酒店的女仆，名叫迷路坂知佳。不管有什么事，客人都尽管吩咐我。"

因为完全是公事公办的口吻，我不由得担心，若是真的吩咐她会不会不太好。

"迷路坂小姐，女仆迷路坂啊。"我听见夜月在小声嘟囔，听起来像谐音梗①。夜月有个习惯，在记人名的时候喜欢联想谐音梗。

……

从玄关穿过一条短短的走廊，就来到了大堂。大堂非常宽敞，面积与中等规模的酒店相比毫不逊色，简直想象不出这里本来是一座私人宅邸。大堂里摆放着几张桌子和沙发，有几位客人正在享用咖啡或者红茶，桌子上还摆放着装了蛋糕的碟子，看来酒店会提供咖啡馆那样的轻食。墙边还有一台大电视。

我和夜月先来到前台办理入住手续。前台有一位三十岁左右的女性，身上散发着一种咖啡馆店主的气质，稳重而成熟，看起来像是一位会帮我们解决日常谜题的美女店主。

实际上，她确实就是这家酒店的经理，整座酒店只有她和女

---

① 日语中，"女仆（meido）"和"迷路坂（meiro）"读音相似。

仆迷路坂两个人操持。

她的名字是诗叶井玲子。夜月知道后马上小声嘟囔:"经理诗叶井吗?"①

诗叶井带着温和的笑意说:"朝比奈小姐,葛白先生,欢迎两位光临雪白馆。请尽情欣赏美丽的大自然,享用美味的食物,以及破解推理作家雪城白夜留下的密室之谜吧。我们雪白馆的员工会全心全意地招待各位。"

诗叶井说这段话时有几分不好意思,说完后敲了几下前台的电脑键盘,应该是在确认房间号。"二位的房间都在西栋二楼,朝比奈小姐住在204号房,葛白先生住在205号房。"

接下来,诗叶井走到前台后面的房间拿来了两把钥匙,钥匙是银色的,有十厘米长,形状纤细,钥匙头上刻着房间号。她递给我和夜月一人一把钥匙。

我确认了手中的钥匙,诗叶井半开玩笑地说:"请不要弄丢啊,这里可没有万能钥匙。"

听了她的话,我又看了一眼钥匙,发现钥匙柄的形状相当复杂,恐怕真的无法复制。

我把钥匙放进口袋,嘴里念叨着自己的房间号"205",向诗叶井询问我关心的事。

"请问,西栋在哪里?"

我的房间是西栋205,不过我是第一次来雪白馆,只是在刚才简单地看了看外观,并不清楚这栋建筑的结构。

---

① 日语中,经理(shihainin)和诗叶井(shihai)读音相似。

"那里就有示意板。"

诗叶井说着,指了指挂前台后面墙上的板子,上面画着建筑物的俯瞰图,是雪白馆的示意图。

"这座雪白馆由四栋建筑组成。"诗叶井说,"首先,我们现在所在的大堂位于中央栋,中央栋只有一层。然后,中央栋的东西两边分别是东栋和西栋,中央栋的北侧则是食堂栋。食堂栋正如其名,是食堂所在的楼,早、中、晚三餐都由那里负责。"

根据示意图可以看出,东栋、西栋和食堂栋(北栋)都通过门和连廊与中央栋的大堂相连,不过东、西、北三栋建筑之间并不直接相通,在各栋建筑之间移动时,必须经过中央栋的大厅。举例来说,如果要从西栋前往东栋,就必须经过大堂。

"您没看错。"诗叶井温和地笑着说道,"中央栋承担着三栋建筑连接处的作用,而且雪白馆里完全没有后门之类的地方。窗子同样全都是无法开合的固定窗,或者装有窗格,无法供人进出。唯一能通往庭院的只有中央栋的玄关,正如我刚才所说,这座建筑没有后门,无法经由庭院前往其他各栋。"

"嗯,挺不方便的啊。"夜月说,"为什么要选择这样的结构呢?"

"这个嘛,推理作家的想法我不懂。"诗叶井的脸上浮现出暧昧的笑容,指着示意图继续介绍,"对了,连接各栋建筑的连廊被屋顶和墙壁包围,因为不是开放结构,所以无法从连廊离开。"

听了诗叶井的话,我点了点头。也就是说,尽管是连廊,其实与室内的走廊没有区别。

我看着示意图问："这栋建筑是什么？"示意图上除了刚才提到的四栋建筑之外，还有一栋小巧的建筑，从西栋北侧突出一块，似乎通过连廊与西栋相连。

　　"啊，那是别馆。"诗叶井说，"是雪城白夜创作时使用的房间之一，俗称隔离屋。听说没有灵感时，他就会把自己关在那里吃苹果。"

　　"为什么是苹果？"夜月问。

　　"阿加莎·克里斯蒂有一段轶事。"我说，"一边泡澡一边吃苹果，就能想到好点子。"不过每次听到这段轶事，我都会心存怀疑。

　　总之，那是雪城白夜的隔离屋吗？一定要去看看。

　　"很遗憾，那里现在是客房，不能参观。"诗叶井带着歉意说，"今天已经有客人预约了。"

　　原来如此，那真是遗憾。顺带一提，由于别馆同样由连廊与西栋相连，要去那里必须经过西栋。

…

　　"那么，请各位好好休息。"在前台办好入住手续后，女仆迷路坂带我们来到了房间。西栋有三层，我住的205号房位于二楼的最里边。一条笔直的走廊旁边排列着201到205五个房间。将我带到门口后，迷路坂鞠了一躬说："晚饭七点开始，请按时前往食堂。我和诗叶井的房间也在西栋，晚上如有需要，请尽管吩咐。"

迷路坂的语气还是那么公事公办，晚上真的可以吩咐她吗？我感到不安。

我一边小声嘟囔，一边转动把手打开房门，眼前出现的是一间以白色为基调的整洁的房间。房间打扫得很干净，简直无法想象这里的员工只有两个人。

"酒店里大概放着二十台扫地机器人。"迷路坂从我身后看着房间里说，"所以打扫基本上交给扫地机器人做。当然，细小的地方必须亲自打扫，由我负责，不过我很擅长打扫的。"

"是吗？"我总觉得有些意外。

"对，我毕竟是世界女仆打扫锦标赛的决赛选手。"

"世界女仆打扫锦标赛的决赛选手？"

出现了谜一般的头衔，大概她是开玩笑的吧，当然也可能是真事。

"各位好好休息。"

迷路坂又说了一遍后，向酒店大堂走去。我放下行李，马上打量起房间。

房间大约有十叠①大小，还带有洗手间、浴室和一个宽敞的洗脸台。家具有床、电视、带冷冻室的双层冰箱。地上铺着米黄色的木地板，窗户是嵌死的，没办法开关。房间很不错，迷路坂说这原本是一间客房。雪城白夜喜欢招待客人，据说西栋的房间几乎都是客房。

接下来，我看了看房门。

---

① 叠：日本的房间面积计量单位，一叠相当于1.62平方米。

房门是巧克力颜色的单开门。看起来挺厚重,不过实际重量挺轻,应该是普通人家常用的室内门——中空的平板门。门是木质的,重量在十公斤左右,既然如此,成年人撞上几次应该就能撞开。另外,据迷路坂说,西栋的房间都用的是同一种门。既然如此,只要知道了自己房间门的结构,就能同时掌握其他房间房门的结构。顺带一提,这个房间的门是向内开的,西栋所有房间的门都是向内开的。

我莫名其妙地兴奋起来,趴在地上看了看房门下方。门扇和门框紧密贴合,不存在缝隙,即"门下面没有缝隙"。所以密室诡计的标配——把钥匙从门下面的缝隙送回室内的招数就无法使用了。只是因为这件小事,我这个推理迷就情不自禁地露出了笑容。

调查完房门后,我便准备离开房间,因为我和夜月约好要在大堂喝茶。我来到隔壁204号房,敲了敲门,夜月探出头说:"抱歉,我的行李还没收拾好,你先去吧。"

虽然她这样说,不过明显她是在撒谎。夜月蓬松柔软的头发翘了起来,刚才应该是在睡觉,所以需要时间打扮吧。

见我盯着她翘起来的头发,夜月有些不好意思,轻轻用手挠了挠头。

…

没办法,我独自一人向大堂走去。沿着楼梯走向一楼时,我看到了一个身影,不禁有些吃惊。一个女孩站在走廊的窗边,静静眺望着庭院。她皮肤白皙,一头齐肩银发,一眼就能看出是外国人，她的容貌像人偶一样端丽。

那女孩应该和我同龄吧？看起来像是高中生。

少女看到了我，微微一笑，然后用流利的日语说了句"你好"。我也慌慌张张地回了句"你好"，和外国人说话还是会有些紧张。

和我相反，少女看起来完全不紧张，她笑着和我攀谈起来："这里真不错，夏天肯定是很好的避暑地。"

避暑地，她会说很复杂的日语。

"你是来这里旅游的吗？"我接过她的话头。

"对，我是来旅游的，因为听说最近这里出现了天空鱼。"

"天空鱼？"我疑惑地问。

少女伸出食指向我说明："天空鱼就是在空中飞的鱼。简单来说就是 UMA。"

"简单来说就是 UMA。"听到这句话，我愣住了。

这家伙和夜月是同一类人啊。

突然出现的夜月气息让我生出了戒心。然而一番纠结后，我还是附和着说："好厉害啊，天空鱼，我做过鱼在空中飞的梦。"想得到可爱的女孩子喜欢的心情，让我说出了这番场面话。

我的附和是有价值的，少女脸上浮现出欣喜的笑容，她有些害羞地说："很厉害吧，天空鱼。我为了看它们特意从福冈过来的。"

"福冈？不是从外国来的吗？"

"我是住在福冈的英国人，从五岁开始一直住在那里。"

原来如此，怪不得日语说得那么流利。

我和她聊了几句，差不多该去大堂了。

"下次见。"我微微鞠躬,她也向我回礼。在我离开之前,她报上了姓名。

"我叫芬里尔·爱丽丝哈扎德,准备在这座酒店住一段时间,你一定要和我一起寻找天空鱼哦。"

我竖起大拇指说:"我叫葛白香澄,一定要一起寻找天空鱼。"

……

"糟了,香澄,这里连不上网。"夜月一边喝蜜瓜苏打,一边冲着坐在对面的我哀叹。

我坐在大堂的沙发上喝着红茶说:"下了出租车之后就不在服务区了吧?"

"话是没错,可我以为到了酒店就能用 Wi-Fi(无线网络)了啊。"夜月一边呻吟,一边叫住了正在用抹布擦旁边桌子的女仆迷路坂。

"抱歉,这里没有连 Wi-Fi 吗?"

"不好意思。"迷路坂的语气听起来毫无歉意,"这里没有连网线,所以没有无线网络,手机也一直不在服务区。"

"呜呜呜,真的吗?"夜月一边哀叹一边把手机放回了口袋,环顾一圈后说:"这是陆地上的孤岛啊。"确实,大堂里只有零星几个客人。

"今天有多少客人住在酒店里啊?"

"有十二名客人预约。"

"有十二个人,这么多?"夜月瞪大了眼睛,然后露出一副理解的表情,"果然,大家都对雪男感兴趣嘛。"

"雪男?"

"请无视她。"我对迷路坂说。

迷路坂歪了歪头,告诉了我们酒店生意兴隆的原因。

"客人们是冲着自制味噌来的,要知道经理做的饭菜特别美味。"

"诗叶井吗?"夜月说,"饭菜是她做的吗?"

"对,是创意意大利菜,评价特别高。这座酒店之所以只接受常住的客人,一开始也是因为诗叶井希望客人可以享用各种各样的饭菜,才自顾自地制定这样的规则。不过多亏了她的任性,冲着她手艺来的客人可不少,比如坐在那里的社先生。"

迷路坂看向在稍远处桌旁谈笑风生的两个男人。一个是四十岁上下、穿西装的高个男人,另一个是穿着毛衣和牛仔裤、三十岁上下的男人。社先生应该是四十岁上下的男人。

"对了,社先生好像是某家公司的社长。"

"社长社先生。"夜月说。

"他非常喜欢我们这里的饭菜,经常光临。不过,我怀疑他是来追求经理的。"

听她这么一说,我忽然有些理解。从外表看,社先生是自信爆棚的类型,眼睛炯炯有神,一副花花公子的样子。

"另一位是和社先生一起来的吗?"夜月问。我看向正在和社先生说话的毛衣男,他和社先生相反,外表十分稳重。

"不,那位客人和社先生是初次见面。"迷路坂说,"两个人都对手表感兴趣，看到彼此的手表后马上就聊得热火朝天。他们都是昨天住进来的，才过一天就交上了朋友。"

看两人之间的气氛确实不像第一次见面。而且，戴着能让当社长的社先生看得上的手表，那个毛衣男大概也是个相当有钱的人吧？

"没错，他好像是医生。"

"医生啊。"果然是上流阶层。

"对，他叫石川。"

"医生石川。"① 夜月说。

"两个人戴的手表好像都要几百万日元。戴着那么高级的奢侈品，我反而觉得挺俗气的。"迷路坂吐槽道。

她竟是一个毒舌女仆，而且仔细想想，她还会毫无顾忌地泄露客人职业之类的个人信息。所以，她大概是不太注重保密个人信息的。虽然听她说话很开心，不过这实在不是酒店工作人员该做的事情。

这位不注重保护个人信息的女仆向我们鞠了一躬之后准备离开。我突然想起自己找她有事，于是叫住了她，迷路坂有些不耐烦地看着我问："您有什么事？"

"不是，那个，"我喝了一口红茶润了润嗓子，"我听说这座酒店里有个房间，从雪城白夜住在这里开始就一直没有人动过。"

我说得很含糊。不过迷路坂马上反应过来了。

"啊，你也是冲着那个房间来的吗？"

---

① 在日语中，"医生（ishi）"和"石（ishi）"读音相同。

"那个'雪白馆密室事件'的犯罪现场。"我重重地点了点头,就是过去雪城白夜举办家庭派对时,事件发生的那个现场。

迷路坂轻轻耸了耸肩。

"破解密室之谜?我看不出来这有什么好玩的,不过当然可以参观。那里和经理的创意意大利菜一样,都是酒店的卖点。"

我喝完红茶站起身,询问正在喝蜜瓜苏打的夜月。

"你要去吗?"

"我完全没兴趣。"

她毫不犹豫地回答我,令我的内心感到非常凄凉。

…

"雪白馆密室事件"的发生地位于东栋二层,与我住的西栋相对。东栋二层的走廊上铺着长毛地毯,走上去软绵绵的。走在我前面的迷路坂停下脚步,指着一间房子的门说:"就是这间房间。"

是这间房间啊,我忍不住在心里感叹。

我带着一丝紧张握住了门把手,打开了房门。这间房子的面积和我住在西栋的那间差不多,有十叠左右,不过这里是两间房组成的套房。站在房间入口,能看到左边墙上有另一扇门,可以进入隔壁房间。而隔壁房间才是"雪白馆密室事件"的真正现场。

我走进房间,穿过左边墙上的门,现在门是敞开的。听说十年前——事件发生时这扇门也是敞开的。

走进隔壁房间后,人偶吸引了我的目光。不是被刀子刺中的法国人偶，而是一个完好无损的毛绒小熊。大概是因为刀子刺中人偶的画面冲击性太强，因而用这个毛绒小熊替换了。

我回忆起过去在书上看到的事件梗概，大致内容如下。

事件发生在十年前，雪城白夜主办的家庭派对上。当众人在中央栋的客厅（现在改建成酒店大堂）享用美食时，东栋传来了女人的尖叫声。人们吓了一跳，纷纷赶往传出尖叫声的东栋，并在那里再次听到尖叫声，声音似乎是从二楼传来的。大家走上楼梯，不知该往何处走时，尖叫声再次传来。这一次，众人终于发现声音是从哪个房间传出来的。一名和雪城白夜同时代的推理作家抓住门把手转了转，对白夜说门被锁上了。

"这个房间的钥匙呢？"

"几天前丢失了。"白夜回答，"不知道丢在了哪里，不过好奇怪啊，我昨天查看的时候，这间房子应该没有锁门。"

"那么，有其他人锁上了门？"

"只有这一种可能了吧。"

接下来，另一位客人问："有没有备用钥匙？"他是大型出版社的一名年轻编辑。

"没有备用钥匙。"白夜摇了摇头。

"可是，你是有备用钥匙的吧？我看见你用过。"

"啊，那是西栋的备用钥匙，西栋和东栋的门锁不一样，西栋的备用钥匙打不开东栋的房门，而且东栋并没有备用钥匙。"

"为什么没有呢？"

"嗯，为什么呢？我忘记原因了。"白夜含糊其词地回答道。

又有别的客人问他:"那么没有万能钥匙吗?"这次是一名刚出道不久,年仅十几岁的女作家。

"没有,雪白馆所有钥匙的结构都非常特殊,不可能做万能钥匙。"

"那么,要想进入房间只能破窗了?"

"不,窗子外面有窗格,人没办法出入。"

"那究竟怎样才能进入房间……"

这时,人们再次听到了女人的尖叫。大家面面相觑,一位以文风辛辣而闻名的三十多岁男性评论家说:"没办法了,破门吧,可以吗,老师?"

"这是紧急情况嘛。"白夜不情不愿地点了点头。

几个体格强壮的男人围在向内开的门前,喊着"一、二",一起撞向房门。门发出嘎吱一声,几个人接着又撞了好几下,快到第十下时,门总算发出一声巨响。

被撞破的门猛地打开,室内一片漆黑,有人伸手打开了灯。

被灯照亮的房间中看不出丝毫异常。

"会不会是那间房子?"大型出版社的年轻编辑说着,指向了左边墙上的门。那扇通往隔壁房间的门此时是敞开的。门位于墙壁中间偏右,因此,从门口看更靠近房间里侧。

大家战战兢兢地靠近通往隔壁房间的门。隔壁房间的灯似乎是和主屋连动的,打开主屋的灯后,隔壁的灯也亮了。所以靠近房门后就能清楚地看到房间里的情况。隔壁房间里,一个被刀刺中的人偶倒在地上,直直地面对着房门。插在人偶身上的刀子仿佛要刺穿地板，刀刃有三十厘米长，朝着门口闪烁着寒光。

没有人尖叫出声，不过所有人都目瞪口呆。

除了倒在地上的法国人偶之外，这间房子里还有两个特殊的东西，或许可以说是事件的遗留物吧。

第一个是录音机，就掉在法国人偶旁边，打开录音机就能听到女人的尖叫声。看来刚才众人听到的尖叫声就是从录音机里传出来的。

第二个是倒在地上的瓶子，和扮演"被害人"的法国人偶之间有一定距离。瓶子里装着钥匙，白夜拿起这个透明塑料瓶说："没错，正是这个房间的钥匙。"

众人一片哗然。

"那么，这个房间，"和白夜同时代的推理作家说，"就是密室了吗？"

"难以置信。"白夜说，"但就是这样吧。"

"不对，不可能吧，老师，钥匙借我看一下。"以文风辛辣而闻名的三十多岁男性评论家从白夜手中接过了装着钥匙的瓶子。他打开牢牢拧好的瓶盖，从瓶子里取出了房间的钥匙。"这是常见的诡计，这把钥匙肯定是假的。"

他一边说一边拿着钥匙走到房间门口，把钥匙插进钥匙孔，然后惊讶地瞪大了眼睛。

"是真的。"这位男性评论家小声说道。

"难以置信。"白夜说，"没想到会发生这种事情。"

"不过，老师。"

雪白馆密室事件现场

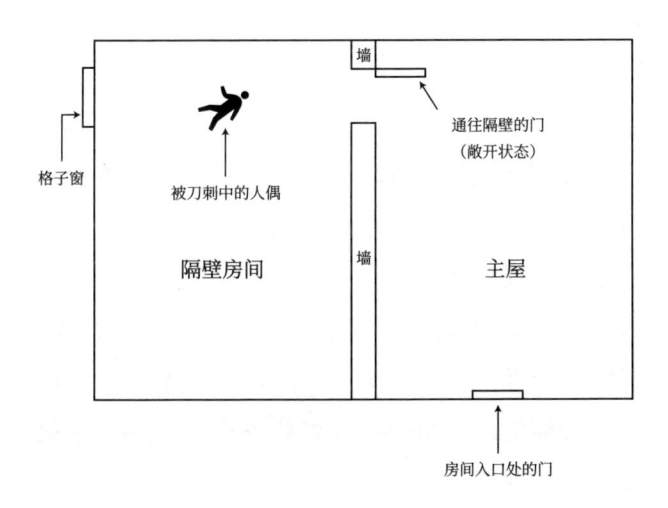

北 ◀

（图示：
- 格子窗
- 被刀刺中的人偶
- 墙
- 通往隔壁的门（敞开状态）
- 隔壁房间
- 墙
- 主屋
- 房间入口处的门）

"嗯？"

"老师，您从刚才开始就笑得很诡异啊。"刚出道不久的十几岁女作家说。

众人的视线都集中在了白夜身上，白夜敛起笑容，若无其事地说："我没有笑。"

"您怎么看都是在笑吧！啊，难道，是老师您！"

十几岁的女作家只说到这里，她觉得没有必要把话全部说出来，等到解开密室之谜后，再好好责问这个老头子也不迟。

她露出挑衅般的笑容，向宣战一样看着白夜。露出这种笑容的不只有她一个人，和白夜同时代的推理作家、大型出版社的年轻编辑、以辛辣闻名的三十多岁的男性评论家，还有其他客人们都带着同样的心情。

他们都相信自己会是第一个解开密室之谜，让这个老头子长长见识的人。

于是，这场家庭派对的隐藏节目——"雪白馆密室事件"推理大赛拉开了帷幕。那个夜晚，各式各样的推理层出不穷，可是没有一个人能找到真相。

这就是我在书里看到的"雪白馆密室事件"的大致内容。当时在现场的十多岁女作家（现在二十多岁，已经拿到了好几项大奖）在个人短篇集的末尾记录了事情的经过。因为我看过很多遍，所以记得全部的内容。

我深吸了一口气，马上开始着手调查。首先，我要检查房间里唯一一扇窗户。窗户很大，从地板一直延伸到天花板，正好位于与主屋相通的房门正对面。正如我听说的那样，窗户外面镶嵌着金属窗格。窗户是推拉式的，事件发生时，窗户是打开的，不过既然外面嵌着金属窗格，就不可能有人通过窗户出入。

检查过窗户之后，我开始调查那次事件中最重要的遗留物，装在瓶子里的房间钥匙。我捡起掉在地板上的塑料瓶。

瓶子比我想象中还要小，大概只有照相机的胶卷盒那么大。盖子和果酱瓶一样是金属的，需要旋转打开。当然，事件发生时，瓶盖是紧紧拧上的。另外，瓶盖上方有一个小小的"o"形圆环，似乎是为了穿在绳子上。

我盯着那个圆环看了很久，然后视线聚焦到透明的瓶子里。在我身边无所事事的迷路坂说："是这个房间的钥匙，那不是复制品，是真品，请小心不要弄丢了。"

　　钥匙比我所在的西栋的房间钥匙小得多，大约有五厘米长，可以轻松放进留在现场的塑料瓶子里，但没办法穿过窗户外的正方形格子。窗格的每一个正方形格子的尺寸都远小于钥匙的尺寸，人是没办法通过窗格把钥匙送进房间的。可是如果从其他地方——

　　"原来如此。"我小声嘟囔。"什么原来如此？"迷路坂说。

　　我拿着瓶子子走向房间入口，迷路坂也跟在我身后。和她一起来到走廊后，我关上门，跪在长毛地毯上，轻轻蜷起身子观察房门下方。

　　"你在干什么？"迷路坂诧异地问。我回答说："我在检查门下面的缝隙。"

　　门下方有空隙。我住的西栋屋子下方却没有。东栋的房屋结构似乎与西栋不同。而我事先已经得知了这条信息，关于那次事件的书里有记载。

　　我解释过后，迷路坂说："准确来说，只有东栋二层和三层的房门下方有缝隙。东栋有三层，不过一层的房门下方并没有缝隙。"

　　"为什么一层没有缝隙呢？"

　　"因为一层的地板上没有铺地毯。"

　　我有些疑惑，然而过了一会儿，我就理解了这句话的含义。

　　"难道说，留下缝隙是为了避免地毯挂住房门？"

迷路坂微微点了点头。我恍然大悟，再次看向房门。

这间屋子的门是向内开的，室内铺着和走廊同样的长毛地毯。走廊上的地毯绒毛有七厘米高，而室内的地毯绒毛的高度有一厘米左右。想来三层也是同样的装潢吧？因此，假设门下没有缝隙，开门时毛毯就会挂住门，导致门没办法顺利打开。

门下方的缝隙对密室来说非常重要。虽然走廊上的地毯毛很长，几乎看不到门下的缝隙，不过缝隙确实存在。我从塑料瓶子中取出房间的钥匙，尝试将它塞进门下的缝隙，宽度完全够用。

既然如此，那我推导出的方式就是——用钥匙锁好门后，从缝隙将钥匙送回室内。接下来需要检查——

我把钥匙放回瓶子里，盖好盖子，然后试图将瓶子塞进门下的缝隙中。

塑料瓶被门卡住，发出嘎吱嘎吱的声音，瓶子太大，没办法通过门下的缝隙。

"哈。"

我看到迷路坂打了个哈欠，内心感到非常悲伤。

既然如此，就要找其他途径——我开始观察房门。房门内侧没有门把手，取而代之的是钥匙孔。那么，要想在房间里锁门，同样需要钥匙，所以没有办法用线等工具系在门把手上，在门外使力锁门。

换言之，要想制造密室，只能从门外使用钥匙锁门，可是——

"问题在于该如何将钥匙送回房间里呢？"

"是啊，问题就是找不到方法。"

我转身看向突然说话的陌生人士。

这个男人穿着复古的西装，打扮得像是二战前的英国人，年龄在二十五岁到三十岁之间，个子和我差不多高，非常英俊。他有一张轮廓很立体的脸，短发上打了发蜡，露出了光滑的额头，外表看起来很理性。

"探冈先生。"迷路坂说，然后她无可奈何地叹了口气，"您又来了吗？我以为您肯定已经回房间了。"

"不，我只是去了趟洗手间。"被叫作"探冈"的人说，"顺便转换一下心情。因为要是一直动脑筋，我就会陷入思考的泥潭而无法自拔。"

我从两人的对话中了解了大致情况。

这位名叫"探冈"的男人是先到的客人，当然，应该也是酒店的住客。不过我所说的先到的客人指的并非这一点。这位探冈肯定和我一样，是来挑战"雪白馆密室事件"的人，而且先我一步展开了调查。

"你的想法没错。"探冈似乎看透了我的想法，"我和你一样，在挑战密室。啊，抱歉没有及早报上姓名——我是做这个的。"

探冈从口袋里取出名片，我伸手接过，上面写着"密室侦探 探冈英治"。密室侦探——这个人是密室侦探吗？

密室侦探是一种新出现的职业，是密室杀人案在这个国家频繁发生之后出现的。现在，日本发生的密室杀人案中，有三成都使用了非常简单的诡计，比如施加力量来转动门把手，或者凶手就藏在房间里等。可是剩下的七成诡计要么相当复杂，要么相当激进，这些就不是普通警察能处理的了。所以警察会将这些谜题委托给外部的侦探破解，接受委托的人就是密室侦探。他们通过破解密室之谜，向政府收取报酬。

其实能从警察那里接到委托的，只有一部分是专业的密室侦探，其他大部分侦探没办法仅靠破解密室生存，还需要以调查出轨和寻找走失的狗来谋生。

探冈或许注意到了我惊讶的眼神，他耸了耸肩说："喂，别用那种眼神看我，我好歹也进过《这位密室侦探真厉害》的前十名。"

"啊，真的吗？好厉害。"

我的态度发生了一百八十度的转变。《这位密室侦探真厉害》是每半年发行一次的杂志，正如杂志名称所示，会根据解决案件的成绩，对密室侦探进行排名。能进入前十名是非常光荣的事。

我每本都看，应该知道这个男人才对。我努力回想，探冈英治——好像确实听过。杂志上都写了些什么来着？

不过，当我终于想起探冈这个人时，想到的却根本不是写在《这位密室侦探真厉害》里的事情。

"难道，探冈先生是之前引发婚外恋骚动的那位？"

"啊，那件事还是请你忘记吧。"他立刻回答道，脸上带着尴尬的苦笑。

应该是在一年前左右，周刊杂志上登出了一篇报道，写的是入选《这位密室侦探真厉害》的年轻侦探与有夫之妇搞婚外恋。我还记得自己当时非常惊讶，想不到这个年代连侦探搞婚外恋都会被报道了。

"那真是痛苦的回忆。"探冈耸了耸肩,用一句精辟的话做了总结,"罢了,侦探也有不擅长的地方嘛。我擅长解决案件,却不擅长破解爱情。"

不,或许并不那么精辟吧。

"总之,我是专业的密室侦探,这次来酒店也是为了接受杂志的采访。可不是婚外恋的采访,是推理杂志做的企划,要在'雪白馆密室事件'的现场采访我。当然,我也要挑战密室之谜,不过记者好像还没来,我打算先做些调查准备一下。等记者到的时候,我就能果断地解开谜题,是不是很帅?"

真是一段有理有据的说法。我问探冈:"那么,你解到哪一步了?"

"老实说,一头雾水。"探冈耸了耸肩膀,"就像你刚才做的那样,钥匙装在瓶子里时没办法通过门下方的缝隙。凶手——准确来说就是雪城白夜,他不是把钥匙装进瓶子里之后再送回密室的,而是把钥匙送回密室之后才装进瓶子里的。"

"啊,果然是这样吗?"我说,"把钥匙从房门下送回室内,然后用鱼线之类的东西送入隔壁房间,再用某种方法放进瓶子里。"

"哦,挺聪明的嘛,少年。"探冈吹了一声口哨,夸了我一句,"所以,问题有两个:一是如何将钥匙放进瓶子里,二是如何拧紧瓶盖。"

"努努力的话,一应该能做到,可是二就很难了。"

"没错,虽然可以用鱼线缠在盖子上,通过转动鱼线盖上盖子,可是瓶子并没有固定在地板上,所以这种思路很难实现。那么,就要考虑凶手究竟是如何盖上盖子的了。"

"这种方法如何?把打开盖子的瓶子放倒,就放在门边。然后在走廊用手指,将钥匙通过门下方的缝隙使劲弹进房间,这样就能把钥匙装进瓶子里了。接下来,通过门下方的缝隙用细棍子之类的东西拧紧瓶盖。"

"剩下要做的,就是把瓶子移动到隔壁房间了吗?"探冈点了点头,"好在瓶盖上有'o'形圆环,如果把线穿过圆环,确实可以拉动瓶子。但是很遗憾,这个诡计很难实现。你看,门下方的缝隙非常窄,只有一厘米左右,没办法用针之类的工具通过缝隙盖上瓶盖,而且瓶盖盖得很紧。如果不用手直接拧,恐怕是没有办法拧得那么紧的吧?"

"嗯,那么究竟是怎么做到的呢?"

"嗯,这就是谜题所在。看来雪城白夜准备了一个不得了的不可能犯罪啊。"

迷路坂冷冷地看着讨论密室的我们,终于,她叹了口气说:"两位慢聊。"然后转身离开了。

…

当时在现场的十几岁女作家在"雪白馆密室事件"的记录中,以推理作家雪城白夜的台词作为结尾。天亮了,在召开推理大赛之后,白夜依然没有承认自己是凶手,不过他私下对这位女作家说了一句话:"很遗憾,明明以现在给出的信息,已经能够解开密室之谜了。"

...

两个小时后,被密室之谜击败的我和探冈迷迷糊糊地回到了大堂。探冈说完"下次见"后,晃晃悠悠地走向了窗边的座位。他似乎很疲惫,其实我也很疲惫。

夜月坐在前台附近,于是我走到她旁边。她正在玩儿手机游戏,注意到我之后抬起头说:"辛苦了,密室之谜解得怎么样?"

"老实说,完全没有头绪。"

"也是,如我所料。"

她说完又开始看手机。可悲的是,我虽然很生气,可是完全无言以对。我向迷路坂要了一杯香蕉果汁,然后坐在沙发上闭上了眼睛。好累,身体像一摊烂泥,好想就这样睡过去……

可是,夜月踢了一下我的小腿,我以为她只是不小心碰到,打算无视,结果她又狠狠踢了我一脚。我的感觉果然没错,这个女人确实做得出这么过分的事情。

我睁开眼睛,看到她毫无愧疚之意的脸,不知道为什么,她的情绪很激动,小声对我说:"香澄,香澄。"

"好吵,怎么了?"

"你看那个。"

夜月指向前台,那里站着一对男女,看起来像酒店住客,男人在二十五岁到三十岁之间,少女差不多是十五六岁。两人怎么看都不像是情侣,男人长相平平,戴着眼镜,而少女则容貌出众。她有一头褐色的头发,扎着双马尾,虽然有一张娃娃脸,不过长相华丽,引人注目,气场很强。说起来,我好像在哪里见过她。

"你看,是长谷见梨梨亚,晨间剧①女演员。"

"啊!"

我情不自禁地喊出了声。梨梨亚转过头,我慌忙移开了视线。

梨梨亚——长谷见梨梨亚,她是一名国民女演员,主演的晨间剧一直播放到今年秋天。她的确是十五岁,似乎原本就很受欢迎,后来又因为晨间剧大火,现在是电视剧和综艺里的当红艺人。

我和夜月就是俗人的象征,见到她当然会兴奋。

"喂,香澄,那是真人吧?"

"嗯,怎么看都是真人。"

"太可爱了。"

"确实。"

"一会儿去要个签名吧?"

"会不会被她讨厌?"

"这就是她出名的结果嘛。"

"确实。"

"所以她要承担啊。"

我们一边说悄悄话,一边看着梨梨亚。在前台,梨梨亚从经理诗叶井手中接过钥匙,看到刻在钥匙上的房间号,她开心地说:"哇,是001号房。这就是别馆的那间吧?"

---

① 晨间剧:指晨间小说连续剧,清晨八点播出的日本电视剧,每集十五分钟。

"对，是西栋的别馆，雪城白夜创作时使用的房间。"

"哇，果然是这样！梨梨亚是雪城老师的忠实粉丝，一直想在那里住一次呢。"

梨梨亚是雪城白夜的粉丝吗？我知道了出乎意料的事实。而且梨梨亚真人原来也这么喜欢装可爱，此前我已经在综艺节目里看过她的这个特征了。

"总之，谢谢你！非常感谢。"梨梨亚开心地握着钥匙向诗叶井道谢。然后突然敛起笑容，对身边的男人说："那么，真似井，帮我把行李搬到房间门口。"

等一等，那语气冰冷得有些吓人。被称为真似井的男人说着"是，梨梨亚小姐"，拎起放在地板上的名牌旅行包（大概是梨梨亚的包）向西栋走去。

梨梨亚再次冲着诗叶井露出笑容，"这里的大堂可以喝茶吗？梨梨亚口渴了。"

"啊，好的，可以向那里的女仆点餐，有各种饮料。"

"真的吗？好开心！你好，女仆小姐，可以点餐吗？"

梨梨亚开心地向迷路坂跑去。

真是个反差巨大的女生。真似井大概是梨梨亚的经纪人，看到她刚才冰冷的态度，我不由得感到艺人真可怕。

"真似井先生也不容易吧，因为是她的经纪人。"夜月又开始玩儿谐音梗了。①

迷路坂送来了我刚才点的香蕉果汁，我喝了一口，无意中扫

---

① 在日语中，"真似井（manei）"和"经理（manager）"的发音相似。

了一眼大堂，发现有不少住客聚集在这里。社长社先生、医生石川还在讨论手表；晨间剧女演员梨梨亚愉快地喝着葡萄果汁；侦探探冈坐在沙发上，神情落寞。包括我和夜月在内，大堂里现在一共有六名住客。听说今晚有十二个人住在酒店，也就是说，此时有一半都在这里。

其余住客都是些什么样的人呢？我正想着，就看到了她的身影，浑身的汗毛瞬间立了起来。我简直不敢相信，为什么——为什么她会在这里？

她正从西栋向大堂走来，一头乌黑的及腰长发，长相美丽清冷。她有一双细长的大眼睛，是我认识的人中，最符合"美少女"这个词的人。

不过，她的样子比我记忆中成熟了一些，这也难怪——我最后一次见到她，已经是一年前的事情了。

我情不自禁地起身向她走去。她看到我的瞬间，睁大了眼睛惊讶地说："葛白？"

我没有点头，而是对她说："好久不见，蜜村。"

啊，我觉得来这里真好，虽然当夜月说要来找雪男的时候，我还觉得她脑子不正常，不过事实证明，我的收获绝对超出预期。

"好久不见，葛白。"她笑着说。

这是我和蜜村漆璃时隔一年的重逢。

⋯

"香澄，这位是？"

夜月似乎察觉到了我和蜜村的关系，探头探脑地凑了过来。

"该怎么说呢？"我说，"她是我的初中同学，我们都是文艺社的。"虽说如此，其实文艺社只有我和蜜村两个社员。所以在她离开文艺社之前，我放学后的大部分时间都是和她一起度过的。

听我说完，夜月带着恍然大悟的表情说："原来如此，也就是说，她是你的前女友。"

不，不是的，这家伙在说什么啊。

"那就是朋友之上，恋人未满？"

"你在说什么啊。"

"葛白，这位是？"

这回轮到蜜村问我了，她问的应该是我和夜月的关系。

"嗯，该怎么说呢？"这个问题很难回答，"姑且算是发小吧？她住在我家隔壁，从小就像我姐姐一样。"

"原来如此。"蜜村点了点头，"也就是说，发小之上，恋人未满？"

总觉得她说得很微妙。

我疑惑地看着她，问了一个纯粹出于好奇的问题。

"蜜村，你今天怎么在这里？"

"果然是来寻找雪男的吧？"夜月说。

"雪男？不是，我只是来旅行的。"蜜村说，"啊，这里会出现雪男吗？"

夜月自鸣得意地挺起胸膛。

"会出现。"

"不，不会出现吧。"我说。

"究竟会不会出现啊？"蜜村疑惑地说完，忍不住笑了出来。见我们一脸疑惑，她微笑着说："没什么，就是有些怀念，我好久没有和葛白说过话了。"

"是吗，很怀念啊。"夜月附和了一句，然后像被吊起了胃口一样问道，"香澄上初中的时候是什么样子啊？"

蜜村一边回忆一边说："这个嘛，该怎么说呢，还挺潇洒的，总是带着一副'我是一匹独狼'的神气走在路上。"

我说，那是什么样的神气啊？就算是在初中，我也没有带着那副神气走路吧。

"我还听说过一个传言。他跟朋友们吹嘘说'只要是我见过一次的东西，就会像照片一样印在脑子里，这是我的特殊能力。不过由于给大脑带来的负担太重，平时考试的时候不会用，只有在世界出现危机的时候才能使用'。"

初中时候的我太要命了！虽然我确实说过！不过，那是什么经过一段时间后就会失效的超能力吗？

夜月忽略了我内心的呐喊，继续问："我想详细听听那件事。"

"好啊，我们一边喝茶一边聊吧。"

那两个因为说我的坏话而变得投缘的人一起坐在桌子一边，我也只好坐在她们旁边。尽管蜜村外表高冷，看起来严肃认真，但其实性格大大咧咧，我有必要监视她，免得她乱说话。

就在我盯着那两个人时，一个男人从西栋回来了，是长相平平的眼镜男——晨间剧女演员长谷见梨梨亚的经纪人。名字好像是真似井？梨梨亚放松地坐在沙发上，真似井坐在她对面，然后从工作用的包里取出了一张薄薄的纸。

梨梨亚一边喝着葡萄汁，一边看着那张纸。

"真似井，这是什么？"

"综艺的调查问卷。"

"切。"梨梨亚露出明显的嫌弃表情，她叼着果汁的吸管说，"梨梨亚现在没有上综艺的心情。真似井，你帮我写吧。"

"不行，必须好好填写。"

"可是，梨梨亚拿不动比筷子更重的东西，笔比筷子更重吧？"

"要看材质。"

说得没错。

梨梨亚渐渐不耐烦了："你听不懂吗？我说我不想写。"

"可是，综艺节目的调查问卷很重要。"没想到，真似井态度坚决地回应了。"调查问卷写得认不认真，决定了机会的多少。内容写得详细，就会有很多节目邀约。相反，如果只是稀稀拉拉地写几个字，主持人和节目组就会觉得你没有干劲。"

"嗯，我明白，所以我说让你来写啊。"

"又回到这个话题了。"

"我可能被施了魔法吧。"梨梨亚喝完果汁，粗暴地从真似井手里夺过调查问卷，"我知道了，我会写的，在、房、间、里！"

梨梨亚猛地站起身，然后气鼓鼓地迈开脚步向西栋走去。真似井深深地叹了一口气。

在真似井和梨梨亚说话时，夜月和蜜村兴奋地聊着我的初中时代，我的黑历史简直层出不穷。可是，两人突然停止了对话。就在梨梨亚离开大堂时，开始下雪了。

窗外，雪花纷纷扬扬地在空中飞舞，如同梦幻般的世界，庭院变成了一片白色。对了，这好像是我今年第一次看见雪，而且还是在旅行的目的地看到的。我的心情自然很兴奋，聚集在大堂里的其他客人们也纷纷望向窗外。

社长社先生和医生石川，还有侦探探冈都在看。刚才和梨梨亚发生冲突的真似井也在看雪散心，端来咖啡的迷路坂也盯着窗外。只有经理诗叶井坐在前台后面敲电脑。

听说今天晚上住在酒店的客人一共有十二名，现在，有七个人都聚集在大堂。在我知道的客人里，只有梨梨亚和英国人芬里尔·爱丽丝哈扎德不在。

开始下雪的十分钟后，芬里尔也出现在大堂。她穿着外套，肩膀上有雪，刚才似乎是在院子里散步。这样一来，大堂里已经有八位客人了。芬里尔的银发被雪打湿，她在大堂徘徊片刻后看到了我，开心地向我走来。

"葛白。"她在桌子上放了一个东西，是雪做的兔子，"这是礼物。"

小巧的雪兔伫立在木质桌子上。好可爱。

芬里尔笑着说："请享用。"

"嗯？要吃吗？"

"里面包了红豆馅儿。"

"真的吗？"

我小心翼翼地正打算咬下去，芬里尔笑着说了句"开玩笑的"。她淘气地离开我们这桌，晃晃悠悠地走到窗边，拿起手机开始拍庭院。

二十分钟之后，雪停了。下雪的时间很短，不过院子里已经银装素裹。高高的围墙中，像盆景一样的酒店被雪染成了一片洁白。

雪停后，聚集在大堂的八名客人一个接一个起身离开。一直在前台工作的诗叶井也伸了一个大大的懒腰，向食堂栋走去，迷路坂代替她走进前台。

我也打算回房间。芬里尔送给我的雪兔有些塌了，我必须趁它融化前把它放进房间的冰箱，以此来延长它的寿命。

...

晚上七点，我和夜月一起向食堂栋走去。

晚餐似乎已经开始了。食堂北侧是整块落地玻璃窗，虽然现在窗外一片漆黑，不过白天还是相当亮堂的。宽敞的室内摆着几张桌子，酒店住客们已经纷纷落座，正在享用美食。座位好像是事先定好的，我们找到了放着写有"朝比奈""葛白"名牌的座位坐好。迷路坂见我们落座，立刻端来了饭菜。

"这是主厨的随性拼盘——结合了南欧、西欧、北欧的风格。"

她突然端出了谜一般的菜品，不知道究竟是哪个国家的美食。

"这是多国籍美食吧？这个西班牙蛋包饭是西班牙的美食

吧？然后卡尔帕乔①是意大利菜，这道鲱鱼料理是北欧的吗？"夜月吃着用鲱鱼做的食物，然后瞪大了眼睛，"这道菜太好吃了吧。"

"啊？真的吗？"

"你尝尝看，简直入口即化。"

我和夜月一样尝了尝那道鲱鱼料理，然后情不自禁地叫出声来："这道菜太好吃了吧。"

"是不是连舌头都要化了？"

"化了化了，这应该是我吃过的最好吃的鱼了。"

我因为美食激动起来，不由得切换到了"叫主厨过来"的模式。我打了个响指，叫来正在附近为其他客人服务的迷路坂。

过了一会儿，迷路坂总算过来了，我对她说："饭菜特别好吃。"

"啊，是吗？"

她的反应非常冷淡，我很受伤。

夜月和迷路坂把受伤的我扔在一边，开始聊天。

"你说过饭是经理做的对吗？"

"是的，是诗叶井做的。虽然味噌是自制的，不过她的手艺不比东京的一流厨师差。"

"蔬菜也特别新鲜，比如这个西红柿。"

"啊，那是诗叶井的妹妹送来的，诗叶井有个双胞胎妹妹，是山梨县的农民。"

两人聊得热火朝天，真不可思议，明明迷路坂和我说话时那

---

① 卡尔帕乔：薄切生肉片，是威尼斯的名菜。

么冷淡。

于是，我冷不丁地问出了之前就一直在意的事情。

"迷路坂，你和诗叶井是什么关系？"

"什么叫我们是什么关系？"

"我就是觉得既然酒店只靠你们两个人撑着，那你们肯定是老朋友了。"

酒店这么偏僻，而且迷路坂要住在这里工作。既然如此，她们应该不是陌生人，而是有什么联系的吧？

看来我的直觉是对的。

"对，我们确实以前就认识。"迷路坂说，"诗叶井是我读高中时的老师。我毕业以后也经常和她见面。有一天，听说她从学校辞职在经营酒店，我就来帮忙了，当时我正好是个啃老族。"

她以前是啃老族啊。

"不过还是很厉害啊。"夜月一边吃着鲱鱼一边说，"诗叶井才三十多岁吧？已经有钱买下这么大一座房子了。"

夜月刚感叹完，像是突然发现了什么一样竖起食指，压低声音问："难道，她中了彩票？"

"不，不是的。"迷路坂摇了摇头，"不过也差不多吧。"

"差不多？"

"诗叶井以前就非常受欢迎，特别是受比她大的人的欢迎。"迷路坂说完这句话后，稍微压低了声音，"大概在我高中毕业的时候，诗叶井和一个比她大四十岁的有钱人结婚，一年后，那个人死了，她拿到了几十亿的遗产，然后用那笔钱买下了这栋房子，现在经营酒店只是兴趣。"

"原、原来如此。"夜月说,"诗叶井还有这样一段过去啊。"

"对,诗叶井是有魔力的女人。"迷路坂说,"她当老师时就因为和男生交往闯过不少祸。不过神奇的是,学生们都喜欢她,她是个好老师。"

迷路坂圆了一句场之后离开了,至于有没有圆回来我就不知道了。

…

晚饭后,我在自己的房间里洗完澡,正想穿过西栋的走廊去大堂的自动售货机买些饮料时,看见了一个可疑的人影,是晨间剧女演员长谷见梨梨亚。她手里拿着一个像对讲机一样的机器,表情严肃地把天线朝向各个方向。

"那个,你在做什么呢?"

"呀!"

梨梨亚听到身后突然有人跟自己说话,似乎大吃一惊。她一边做深呼吸一边看着我,似乎觉得不可思议。她问我:"你是谁?"

"只是酒店的住客而已。"

"为什么区区一个酒店住客,有权利跟梨梨亚说话?"

这可真是不得了的发言。看到我的表情,梨梨亚好像还是反省了一下,赶紧打圆场,"我开玩笑的,尽情跟我说话吧。梨梨亚最愿意发粉丝福利了,甚至想改名叫'长谷见·粉丝福利·梨梨亚'呢。"

"哦。"

"竟然说'哦',反应真冷淡。难道你在紧张?我明白的,梨梨亚是国民女演员嘛,是平均收视率25%的女人。"

"哦。"

"哼。"

"呀!"

不知道为什么,她突然踢了我的小腿一脚。这女人怎么搞的,我要不要告诉周刊杂志?

梨梨亚一丝道歉的意思都没有,低头看着痛苦到发不出声音的我。

"告诉周刊杂志的话,就杀了你哦。"梨梨亚笑容灿烂地说。这个女人怎么回事,性格太差劲了吧。

"所以,"我总算从痛苦中恢复过来后,梨梨亚居高临下地问,"你为什么要和梨梨亚说话?要签名吗?还是要照片?作为踢了你的小腿的封口费,如果只是这些小事,梨梨亚还是可以满足你的。"

"不是的。"我赌气说,这种女人的签名,我绝对不要,"我只是好奇你在做什么而已,手里还拿着那么奇怪的机器。"

我指着她手里那个像对讲机一样的机器。知道我不是为了要签名后,梨梨亚愣了一下,兴趣索然地说:"什么嘛,就为了这个吗?"

她举起那个像对讲机一样的机器说:"这是用来寻找窃听器的机器。"

"寻找窃听器的机器?"为什么要拿着它?

大概是看出了我的疑问,梨梨亚重重地叹了一口气说:"我说啊,梨梨亚可是国民级的女演员。"

"哦。"

"你还想被踢吗?"

"不想被踢。"

"真的吗?难道你不是为了被梨梨亚踢,才故意表现出这种态度的吗?"

强词夺理,真是强词夺理。

"算了,总之。"梨梨亚说,"总之呢,像梨梨亚这种出道曲播放量超过两亿的国民级女演员,总是会被媒体跟踪,甚至还有跟踪狂。所以,必须随时保持警惕,要用这个机器来检查。"

她晃了晃像对讲机一样的机器。

我刚想说"哦",但赶紧改成了"原来如此",尽可能表现出自己兴奋,"那个机器可以识别窃听器和针孔摄像头发射的电波吧?"

"是啊,挺懂的嘛,仆人。"

"我不是仆人。"

"那是服务生?总之,只要有了它,就能轻松地发现窃听器和摄像头。梨梨亚今天也彻底调查了一番——花了三十分钟。"

"原、原来如此。"真闲啊,既然有这么多时间,不如认真填一填综艺节目的调查问卷。

不过,我突然想到:"这种杂事交给经纪人不就好了,不需要你亲自动手吧？"

听我说完，梨梨亚露出了怜悯的目光。

她叹了一口气，"你在说什么呀，怎么可能让真似井先生来做这个。"

啊，原来如此，我对梨梨亚有了一点点改观。

"真似井先生确实很忙吧？梨梨亚小姐，你是希望尽量减少真似井先生的负担吧？"

结果梨梨亚愣住了，她目瞪口呆地对我说："不，梨梨亚只是单纯不想让他进我的房间罢了，那个人可是重度偶像宅①，就连现在还会在休假时去参加握手会呢。梨梨亚才不会允许那种人进自己的房间，谁知道他会做什么，他才是最有可能安装窃听器的人吧。"

梨梨亚对真似井的信任度为零，我为对她改观的事情感到后悔。

梨梨亚好像厌倦了和我说话，又开始单手拿着那个像对讲机一样的机器寻找窃听器。我向她告别，本以为梨梨亚会无视我，没想到她竟然回了我一句："晚安，仆人。"

…

我把硬币塞进酒店大堂的自动售货机，买了一盒水果牛奶，边喝边给大堂的电视换台，电视里正在播放最近发生的大型公交事故。死了两个人，播音员正在报道他们的姓名："去世的是中西千鹤，以及黑山春树——"

---

① 偶像宅：指痴迷于享受日式偶像娱乐的团体的名称。

"啊！"我身后突然传来声音，回头一看，原来是迷路坂。

迷路坂难得露出惊讶的表情，我皱起眉头问："难道是你认识的人？"

"与其说是认识的人……"她的语气有些犹豫，然后为难地说，"两位都是原本预定今晚会住在这里的客人。我以为是他们迟到了，没想到竟然发生了这种事。"

听了她的话，我瞪大了眼睛，预订酒店的客人死了？

听到我们的对话，大厅里的其他住客都围了过来。"这是真的吗？"侦探探冈说。"难以置信。"这是英国人芬里尔说的。"这种事也是有的。"有人慢条斯理地说，应该是医生石川吧？

"什么什么，怎么了？"刚到大堂的夜月也加入进来。她听了事情的经过，果然吃了一惊。

这时，玄关传来一阵脚步声。

在紧张的气氛中，所有人的视线都集中到玄关处。于是，正在因为事故新闻感到困惑的我们变得更加不安，问题就在于那个突然出现的男人——大家视线前方是一名三十岁左右的男人。既然他是从玄关进来的，恐怕应该是这座酒店的住客了。今晚住在这里的按说一共有十二个人，现在已经来了九个人，另外两名预订了房间的客人因为事故死亡。既然如此，现在出现的男人就是第十二名住客，即迟到的最后一名客人。

他穿着一身圣袍，纯白衣服的左胸上画着十字，被绑在十字上的是一副没有肉的骨架。

我见过那个十字架图案，是某个宗教团体的标志，我小声念出了那个宗教团体的名字。

"'晓之塔'。"

听到我的话,紧张的气氛再次弥漫了整个大堂。

"喂,你说'晓之塔',"夜月说,"就是那个崇拜尸体的——"

准确来说,她的理解是错误的。那些人崇拜的不是尸体,而是杀人现场。

"晓之塔"是一个宗教团体,最近信徒有所增加。不过它不是新兴宗教,历史出乎意料地悠久。"晓之塔"于十七世纪诞生在法国,据说在全世界有将近十万名信徒,但不知是真是假。战后不久,"晓之塔"传入日本,不过扩大势力是从三年前开始的,正是日本第一起密室杀人事件发生的时候。

"晓之塔"的信仰对象是杀人现场,他们会拍摄现场照片供奉起来。他们认为,杀人现场充满了受害人的负能量,他们的祈祷可以净化负能量,将负能量转化为正能量,从而获得幸福。

而在他们崇拜的杀人现场中,占据顶点的就是密室杀人现场。因此以三年前的密室杀人事件为契机,增加了上面这条规则。因为密室现场是封闭的,被封闭条件下的怨念更容易聚积,净化时获得的幸福能量也会更多。

"晓之塔"借助三年前的密室热潮扩张了它在日本国内的势力。另外,关于它的负面传言同样不绝于耳,甚至有传言说团体内的人为了得到更多崇拜的现场,会主动犯下密室杀人的罪行。

我们都侧耳倾听迷路坂和穿圣袍男人的寒暄。男人名叫神崎,是"晓之塔"的神父,我听到夜月在嘟囔"神父神崎啊"。

迷路坂一边帮神父在前台办理入住手续一边询问："您这次为什么会来我们酒店呢？果然是为了那个密室现场吗？想看看雪城白夜制造的'雪白馆密室事件'的现场？"

"不，不是的。"神崎摇了摇头，语气平淡地说，"那里没有死人，不能成为我们的信仰对象。"

"原来如此，那么您为什么要来这里呢？"

"有人向我透露消息。"神崎说，语气依然平淡，"今天晚上，这里会发生密室杀人。"

…

我睁开眼睛时是早晨八点，拉开窗帘一看，院子里白茫茫一片，是昨天白天下的雪。积雪没有变厚，看来晚上并没有再下雪。

我在房间内的洗脸台洗完脸后，换好衣服来到隔壁夜月的房间门口。我敲了几下门，头发乱蓬蓬的夜月出现了，她心情不悦地说："什么事啊，大清早的。"

"啊，我就是想找你一起去吃早餐。"

"你是不是有病？"

她的话出乎我的意料。

夜月叹了口气说："怎么能一大早就去吃早餐呢？休息日的早餐啊，就是要等到下午再吃。"

"那不就是午饭了吗？"

"别强词夺理，傻瓜。"

她撂下这句话，"砰"的一声关上了门，让我非常无奈。

没办法，我一个人向食堂走去，那里已经有好几个人了。早餐以西式为主，是简单的自助餐，大概有十种菜品可选。我往盘子里盛了些炒蛋和香肠，给自己做了一份英式早餐拼盘。

正在我徘徊着不知道要坐在哪里时，我看到她一个人在吃早餐，于是我把餐盘放在了她的对面。

"早上好。"我说。

"嗯，早上好。"蜜村回答。

蜜村的餐盘上放着两份炒蛋和两份煎蛋，全都是鸡蛋。对了，她好像过去就喜欢吃鸡蛋。我们一起去中式家庭餐厅时，她也会点木耳炒蛋，或者蟹肉蛋炒饭。

蜜村疑惑地看着沉浸在回忆中的我问："你怎么了？笑眯眯的。"

"没什么，就是在想你还是喜欢吃鸡蛋啊。"

"我上辈子是一只鸡。"

"是吗？"

"对啊，因为上了年纪生不了蛋，最后被做成炸鸡块了。"

"你上辈子真惨。"

"嗯，所以为了下辈子能生好多蛋，我要攒够营养。"

"你下辈子也要变成鸡吗？"

"很遗憾，因为我是鸡和人交替重生的体质。"

蜜村一本正经地开玩笑，我突然觉得很怀念。说起来，我和她在初中的时候也经常说这些无聊的话吗？

...

早上十点左右,就在我和蜜村在酒店大堂玩便携式奥赛罗棋①时,夜月一脸焦急地走了过来。

"难道早餐已经结束了吗?"

看起来她刚刚睡醒。我一边翻棋子一边说:"已经结束了,早上八点到九点嘛。"

"你是在开玩笑吗?"她一本正经地反问我,还说什么这是不是真的。昨天在前台办理入住的时候,她明明听过介绍的。

夜月伤心地按了按肚子说:"可是我饿了。"

就在这时,我的奥赛罗棋被蜜村翻过去了一大片,我叫了一声。

"全白啊。"夜月说。棋盘上确实是一片洁白,我的黑棋全都被翻过去了。玩奥赛罗棋真的能输到这个地步吗?

"喂,比起这些,我还是想吃早餐。"

"忍着吧。"我不高兴地对夜月说,"十二点就是午餐时间了。"

"你怎么这样,奥赛罗输惨了也不用拿我出气吧。"

"才没有输惨,只是惜败。"

"险胜"的蜜村看着棋盘,露出了惊讶的表情。

看到我们三个这副样子,前台的诗叶井走过来亲切地说:"那个,我给你拿些吃的吧,虽然只是些自助餐剩下的食物。"

"啊,真的吗?太好了!"夜月厚颜无耻地欢呼,我可不想成

---

① 奥赛罗棋:又叫黑白棋,对战双方轮流翻转对方的棋子,最终棋盘上棋子多的一方获胜。

为这样的人。

诗叶井像是突然想起来一样说:"对了,除了朝比奈小姐,早餐时还有一位客人没出现。"

除了夜月之外还有一个人?

"睡过头了吗?"我问。

"可能是吧,不过有些奇怪。"

"奇怪?"

"不知道为什么,那位客人的房门上贴着一张扑克牌。"

听了诗叶井的话,我皱起眉头,确实有些奇怪——

"是谁的恶作剧吗?"夜月感兴趣地问,"也有可能是房间里的人自己贴的吧?"

"可是为什么要贴扑克牌呢?"无论是哪一种情况,都看不出原因。

我沉思片刻,发现刚才忘记向迷路坂询问一件重要的事,于是我开口问道:"是哪一位客人住在贴了扑克牌的房间?"

"是神崎先生。"

"神崎?"是谁来着?

"昨天晚上最后到达的客人。"

啊,我想起来了,是"晓之塔"的神父啊。

蜜村收拾好奥赛罗棋后问:"是昨天晚上来的客人吗?"对了,神崎到大堂的时候,蜜村并不在场。

"总之,我们先去看看情况吧?"夜月提出建议,"都说现场要看一百遍嘛,说不定去了就能找到什么线索,这是侦探的直觉告诉我的。"

"夜月是名侦探啊。"蜜村随口附和了一句。

"平时没见过你这么有干劲啊?"我惊讶地看着夜月。老实说,我以为夜月对这种类型的谜题没有兴趣,毕竟她对雪城白夜留下的"雪白馆密室事件"之谜完全不感兴趣。

夜月不好意思地挠了挠脸,大胆地坦白:"其实最近,我开始看人生第一本关于'日常之谜'的小说了,所以有句话我想说一次试试——'我很好奇'。"

· · ·

神崎的房间在东栋三层,走廊铺着和二层一样的长毛地毯,我、夜月、诗叶井和蜜村四个人走在铺着地毯的走廊上。

神崎的房间就在"雪白馆密室事件"现场的正上方。而且正如诗叶井所说,房门上贴着一张扑克牌,有数字的一面朝外,是红桃A。

"确实很奇怪啊。"我再次发表感想后,把扑克牌从门上撕了下来。扑克牌背面有奇怪的图案,兔子和狐狸在开茶会,似乎不是印刷的,而是手绘图案,像高级明信片一样用水彩绘制,右下角有签名,应该是作者的签名。

"这张扑克牌好像很贵啊。"夜月说。

"确实,要说是恶作剧的话有些奇怪。"蜜村盯着扑克牌说。

就在这时,门里传来男人的尖叫声,那声音几乎要穿透耳膜,在场的所有人都被吓了一跳。我立刻抓住门把手使劲转动,但内开的房门纹丝不动,门已经上了锁。

"房间钥匙呢?"我问。

"在神崎先生手里。"诗叶井回答。也是,我后知后觉地想。这是神崎的房间,钥匙肯定在他手里。

"备用钥匙呢?"我继续问。

诗叶井摇了摇头说:"东栋没有备用钥匙。虽然西栋有备用钥匙,可是西栋和东栋的门锁不一样,西栋的备用钥匙打不开东栋的门锁。"

听了这句话,我觉得有些奇怪。嗯?我之前好像听说过这个解释。

"那万能钥匙呢?"夜月焦急地问,"没有万能钥匙吗?"

"没有万能钥匙。"诗叶井再次摇了摇头。雪白馆的所有钥匙结构都非常特殊,不可能做万能钥匙。"

"那么,要想进入房间只能破窗了?"蜜村说。

"不,这件事也做不到。"诗叶井为难地说,"窗子外面有窗格,人没办法出入。"

"那究竟该如何进入房间呢……"

众人陷入沉默。既然如此,方法只剩下——

"喂,出什么事了?"

就在这时,探冈来到了东栋的走廊,迷路坂和其他住客也在。除了神崎之外,现在酒店里的所有人都在这里了。

我向众人说明情况,贴在门上的扑克牌,房间里传来的尖叫声,无法打开的房门,以及无法从窗户出入的房间。

既然如此，进入房间的唯一方法就是——

　　"只能破门了吗？"探冈说。然后他看向诗叶井询问："可以吗？"

　　"没办法，拜托你们了。"

　　我和探冈站在门前，握住门把手一转，使劲撞向房门。门发出嘎吱一声，撞到快十下时，门总算开了。我们顺势倒在房间里。

　　房间里一片漆黑，不一会儿，天花板上的灯亮了，似乎是迷路坂打开的。

　　神崎不在房间中。

　　"会不会是那间屋子？"说话的是梨梨亚的经纪人真似井。他指的是左边墙上的门。神崎所住的房间有两间客房。因此那扇门是通往隔壁房间的。门此时是敞开的，门位于墙壁中间偏右，从门口看更靠近房间里侧。

　　大家战战兢兢地向通往隔壁房间的门靠近。最先探头的人是我。隔壁房间的灯似乎是和主屋联动的，打开主屋的灯后，隔壁的灯也亮了。

　　房间中的景象清晰可见。灯光下有一个男人——是穿着圣袍的神崎的尸体。

　　一个人的叫声在房间里回响，是梨梨亚的声音。这声尖叫和她昨天晚上骄傲自大的样子完全不符。

　　可是，我并没有关注她的尖叫。在梨梨亚尖叫前的一瞬间，我已经看到了现场，大脑因而陷入混乱，周围的声音都变得模糊起来。

"开玩笑吧？"我轻声说，捡起了距离尸体稍远的物体。看到我的动作，探冈慌忙来到我身边，然后和我说出了同样的话。

"开玩笑吧？"

啊，确实，这是什么人的玩笑吧？因为此时在我手中的是——相机镜头盖大小的塑料瓶子，盖子紧紧盖住。

而且瓶子里放着钥匙，不需要检查就知道，它恐怕正是这间房子的钥匙。

"是模仿犯罪吗？"探冈说。我点了点头。

啊，这确实是模仿犯罪。不过模仿的是诡计不明、尚未解决的事件。

我盯着装有钥匙的瓶子说："这是'雪白馆密室事件'的重现。"

…

神崎的胸口插着一把刀。脖子上没有勒痕，看来死因就是刀伤了。刀垂直插在仰面朝天的尸体胸口上，刀刃有三十厘米长，朝着连接主屋和这间房子的门的方向闪烁着寒光。从刀刃的长度和形状来看，应该不是菜刀，可以推测是凶手从酒店外带进来的。

尸体和"雪白馆密室事件"中一样，正对着连接主屋和隔壁房间的门，尸体对面的窗户上挂着暗室常用的厚重的遮光窗帘。窗帘和地板之间有一厘米左右的缝隙，不过透光量很小，阳光几乎无法射入，更不用说射入主屋了。因此尽管时间接近正午，整个房间还是像在深夜一样一片漆黑，这也是理所当然的了。

我拉开窗帘，看到了一扇格子窗，和出现在"雪白馆密室事件"现场的窗户一模一样。推拉式的窗子现在是敞开的，不过既然有窗格，人就无法通过窗户出入。而且窗格的每一个正方形格子的尺寸要远小于钥匙的尺寸，钥匙同样无法通过窗格进出房间。

而且，和"雪白馆密室事件"一样，尸体旁边有一台录音机，打开录音机就能听到男人的尖叫声。所以，刚才我们认为的神崎的尖叫声，应该就是别人的声音，比如录下的电影中的声音。

接下来，我开始端详手里的塑料瓶子。盖子上果然有一个"o"形圆环。我打开瓶盖取出钥匙，姑且需要证实一下这把钥匙是不是真的。于是我走到门旁边，把钥匙插进了锁孔，然后转动钥匙。它果然是真的。

"总之，必须报警。"真似井说，他似乎刚刚回过神来。梨梨亚在他身边抽泣。

"对、对啊，要报警。"诗叶井也回过神来。

我们所有人一起来到酒店大堂。大家都在看着诗叶井给警察打电话，过了一会儿，她睁大了眼睛，心神不宁地放下听筒说："电话打不通，电话线可能断了。"

"或者是被切断的？"探冈把手放在下巴上说。所有人都盯着他，探冈耸了耸肩膀。

"很有可能吧？这是暴风雪山庄的定式了。"

"暴风雪山庄？"夜月问。

"啊，你不知道吗？真少见。"探冈说，"就是一种推理小说的题材，在与外界隔绝的宅子或者孤岛上发生杀人案，这种情况下,凶手基本会切断电话线,避免其他人报警。"

夜月惊讶地说:"警察来了会对凶手造成什么影响吗?"

"当然了。如果警察介入,凶手就无法自由行动了,无法杀害下一个目标。"

"你是说……"梨梨亚脸色苍白,"凶手除了那位神父之外,还打算杀其他人?"

"当然,否则切断电话线就没有意义了。"

梨梨亚脸色惨白。她焦急地拿出手机,用颤抖的手指点击屏幕。"警察、必须联系警察!"可是不一会儿,她白着脸小声地说,"没有信号……"

"简直是陆地上的孤岛!"梨梨亚把手机砸向大堂地板。

"请冷静!梨梨亚小姐。"真似井急忙安慰她,然后将焦急的目光投向探冈,"你也是的!请不要散布让大家害怕的言论!现在还不知道凶手会不会继续杀人吧?"

"啊,确实是我的错,是我欠考虑了。"探冈为难地耸了耸肩膀,不过他的语气依然强硬,"可是很遗憾,几乎可以确定,这是一起连环杀人事件。"

"你有证据吗?"真似井问。

"贴在门上的扑克牌。"探冈说完,转向了我,"少年,你说刚才房门上贴着扑克牌吧?能不能让我看看那张牌?"

"啊,给。"我取出一直放在口袋里的扑克牌,是红桃 A,背面画着兔子和狐狸开茶会的图案。

探冈接过扑克牌,反复端详正反两面后说:"果然没错。我刚才听到墙上贴着扑克牌时，就突然想到了，看到实物后就更加确信了。这就是在扑克牌连环杀人事件中使用的那种牌。"

有人一头雾水，也有人脸色苍白，我属于后者。扑克牌连环杀人事件是发生在五年前的一起连续杀人案，至今尚未解决。被害人有三名，现场一定会留下一张扑克牌。我在记忆深处搜寻，想要回忆起那次事件的细节，突然听到一个清冷的声音。

"五年前的四月二十一日，一名男性在神奈川县的小巷中被打死。"

所有人的视线都集中在发言者身上，是那名银发美少女——芬里尔·爱丽丝哈扎德。"我只是碰巧记得而已。"她不好意思地笑了笑，用沉静的声音继续讲述。

"被害的男性是一位著名的刑警，实力毋庸置疑，而且还是一名被幸运眷顾的人，在警界很有名。他曾经在居酒屋偶然碰见并逮捕了未破获案件的嫌疑人，听说那名醉醺醺的嫌疑人当时还骄傲地炫耀自己'其实我杀过人'。不过，刑警的荣光未能长久。在他被杀害的半年前，他由于开车走神致人死亡，辞去了刑警的工作。他被杀身亡后，警察判断他是因为那起交通事故而被遗属憎恨，才最终被谋杀的，所以一直顺着这条线索展开搜查，可是一直没能抓住凶手。然而，这个案件中有一个疑点。"

芬里尔说到这里停顿了一下，指向探冈手中的扑克牌。

"尸体旁边放着一张扑克牌，花色是红桃6。"

大家目瞪口呆地看着滔滔不绝的芬里尔。她不好意思地笑着说："我只是碰巧记得而已。"真的会有这样的巧合？

芬里尔深吸了一口气，继续为大家介绍当时的事件。

"第二起案件发生在五年前的七月六日。在千叶县一所公寓的停车场中，发现了一具被勒死的男性尸体。男人三十多岁，来自中国，是大学研究员，从小就是出类拔萃的人物。不过他看不起学历低的父亲，听说已经十多年没有回过中国了。那天，他从大学回家的路上被杀人犯袭击杀害。凶器是用来捆绑货物的塑料绳，男性的尸体旁边有一张扑克牌，花色是红桃5。"

她继续讲述案件的情况："又过了四个月，发生了第三起案件，也就是最后一起案件，日期是五年前的十一月十二日。一名男性管理者在东京的公寓里被杀人犯下毒杀害。胃中检测出了类似松蕈的新品种毒菌，警察推测是杀人犯让他吃下了这种毒菌。该男性经营的公司会迫使员工过度工作——也就是所谓的黑心企业，可以推测出他被很多人记恨。可是那起案件依然尚未解决。另外，他的尸体旁边留下了一张红桃4。"

芬里尔说完，所有人的脸上都蒙上了一层阴云。五年前杀死三个人的杀人犯，正在雪白馆中再次犯案。

"嗯，就是这样。"探冈说，耸了耸肩膀盯着芬里尔，"你挺厉害的嘛，虽说当时那三起案件炒得沸沸扬扬，不过你连细节都能记住。虽然我也记得。"我听不出探冈究竟是在说真话，还是在逞强。

"可是啊，不能因为一张扑克牌，就说这次的凶手和扑克牌连环杀人事件中的凶手是同一个人吧？"梨梨亚说，"也有可能是模仿犯罪……不对，肯定是模仿犯罪。只要买到同样的扑克牌，就能简单模仿嘛！"

"确实有这种可能性。"探冈说。

"不，不可能。"芬里尔摇了摇头，"因为案件中使用的扑克牌只有一副，没有第二副。那是世界上独一无二的扑克牌，其他人不可能拿到一样的牌，伪装成模仿犯罪。"

听了她的解释，探冈耸了耸肩说："你说得没错。"

"可是啊，说不定这次用的扑克牌是赝品呢？凶手也有可能事先准备了假的扑克牌啊。"

"有这种可能性。"探冈说。

探冈这个男人究竟站在哪边啊？

"那我们来确定一下如何？"芬里尔拿出手机，打开了某个应用软件。大家看着芬里尔举起的手机上的画面，露出疑惑的表情。

"这是什么软件？"夜月说。

"用来鉴定艺术品真伪的软件。只要给想要鉴定的艺术品拍照，然后把照片上传，就能鉴定真伪。这个软件里有真品的照片库，可以利用AI进行数据对比。无论是手段多么高明的赝品师，都不可能做出和真品完全相同的作品。只要有了真品的照片数据，就能轻易鉴定真伪。"她一边摆弄手机一边说，"这个软件里也导入了五年前扑克牌连环杀人事件中使用的扑克牌照片，包括王在内一共五十三张。扑克牌上的茶会图案是水彩画，每一张都有细微的差别，所以需要五十三张牌的数据全部上传才能鉴定真伪。顺带一提，导入软件的扑克牌照片是艺术商拍的，比五年前的事件早很多，比凶手拿到扑克牌更早。当时警察用这个软件鉴定了现场扑克牌的真伪，这件事相当有名。"

"确实很有名。"探冈说。

"那么，探冈先生。"

"怎么了，你在怀疑我吗？我可了解得很清楚的。"

"不是的。我想鉴定扑克牌的真伪，你能把牌借我用一下吗？"

芬里尔看着探冈手里的扑克牌，红桃A，是这次案发时贴在门上的扑克牌。探冈仓皇地把牌递给芬里尔，说了句："啊，是这个。"她用手机拍好照片，马上传来了"哔哩"一声。

"鉴定结果出来了，是真的。"

现场气氛越发凝重。

五年前连续杀人事件的凶手，正在酒店里再次杀人。

"加上五年前的案子，被害人已经有四名了。"芬里尔说，"凶手使用过的扑克牌一共有四张，数字分别是6、5、4以及A，如果是倒计时的话，中间缺了几个数字，不知道有什么规律，不过有一个共通点，那就是凶手使用的扑克牌都是红桃。假设凶手只使用红桃，那么剩下的扑克牌还有九张，加上王是十张。重要的是，现在酒店里的客人和工作人员加起来——"

"是十一个人。"我小声说，背后升起一股凉意。剩下的人数是十一个人，凶手手上还有十张牌——

"凶手打算杀掉除自己之外的所有人吗？"

探冈说完，所有人的表情都凝固了。没有人说话，将近十秒后，一声突如其来的怒吼打破了现场的宁静。

"开什么玩笑！"

所有人的视线都转向他，发出怒吼的是贸易公司的社长社先生。

社先生的表情因为愤怒而扭曲，他大步流星地走到探冈身边，粗暴地抓住探冈胸前的衣服，不顾探冈发出的呻吟，用力将探冈推到墙上，然后发出能震碎玻璃的怒吼："你从刚才开始就一直说些敷衍的话！你看不起我吗？"

"不、不是的，我，"探冈慌慌张张地说，"我只是基于客观证据进行有逻辑的推理。"

"什么有逻辑的推理！你这样说话就是把人当傻瓜！你这个混蛋侦探，我跟你说清楚，我比你聪明多了！我可是庆应① 毕业的。"

"我是东大② 的。"

"可恶！"

社先生狠狠打了探冈一顿，现场一片混乱，诗叶井赶忙上前制止。

"社先生，请住手！"

"还有你，经理！"

"嗯？我吗？"

"是啊！怎么能在手机信号都收不到的地方开酒店呢？你没想过会发生这样的事吗？杀人魔会混进酒店切断电话线啊！"

"这、这种事我怎么可能想得到？"

---

① 庆应：指庆应义塾大学，日本历史上第一所高等教育机构。
② 东大：指东京大学，日本第一所国立综合性大学。

"别强词夺理！"

社先生的嗓门很大。就在大家在他的压迫下畏畏缩缩时，传来了一声更大的怒吼，是眼睛都哭肿了的梨梨亚。

"好啦，不要再为这些无聊的事争吵啦，浪费时间！"

因为梨梨亚的话，社先生将矛头指向了她。

"什么叫浪费时间？你看不起我吗？"

"我才没看不起你，大叔，杀了你哦！"

"说什么杀了我。"

"好啦，闭嘴吧大叔，你说话只会给大家添麻烦。"

梨梨亚耸起肩膀说出一连串话。然后呼出一口气，冷静了一些说："总之，梨梨亚在这里待不下去了，和杀人魔一起住在这里，有几条命都不够吧？"

说完，她就想往玄关跑，真似井在背后叫住了她。

"梨、梨梨亚小姐，你要去哪里？"

"那还用说？我要下山！"

"下山？"

"虽然这里是陆地上的孤岛，可并不是真正的孤岛！只要走一个小时，就能走到车道！在那里搭便车就能离开。"

梨梨亚说的确实没错。如今电话线被切断，已经能看到发生连续杀人的可能性，这是最现实的手段，也是唯一的手段。所以我同意梨梨亚的做法。

"诗叶井，我赞成她的意见，大家一起下山吧。"

梨梨亚听到我的话，开心地笑了起来。

"不错嘛,仆人。"

"我不是仆人。"

我们尽可能少地收拾好行李后在玄关集合,所有人离开酒店准备下山。打开酒店围墙的大门,走了五分钟左右,我们就来到了分开山体的深谷边。可是我立刻察觉到不对劲,心头一紧。山谷少了什么东西,少了什么呢?啊,对了。

是桥。

"桥,不见了。"

梨梨亚发出呻吟。不,准确地说桥还在,只是没有保持原样。桥被烧断了。上面已经感觉不到温度了,恐怕是昨晚放的火。

"陆地上的孤岛。"夜月嘟囔了一声。

这样一来,雪白馆与外界彻底隔绝了。

······

大家意志消沉,再次回到雪白馆的大堂。我们被关在了这座酒店里。

"酒店里还剩下多少食物?"我问。

"我想够大家生活半个月。"诗叶井说。

换言之,我们还能生存半个月。既然时间这么长,我希望会有人注意到异样,前来帮助我们。

这时,我突然想到一件事。

"后面几天有没有预约住店的客人?如果有人在来酒店的路上看到烧断的桥,应该会报警吧。"

梨梨亚恍然大悟地说："没错，好主意，仆人。"

梨梨亚期待地看着诗叶井。诗叶井说："后面几天确实有预约的客人。"大家的脸上重现浮现出光彩，然而诗叶井的表情依然苦涩。

"可是，我想那位客人一定不会来。"

"为、为什么？"梨梨亚问。

"这个……该怎么说呢。"

"是个有些奇怪的客人。"迷路坂接过话头，语气平淡地说，"其实那位客人半年多以前就预约了酒店的所有房间，从昨天开始整整一周。"

"半年多以前？包场？这不是很奇怪吗？"夜月说，"我是一个月前预约的，当时顺利预约上了啊。如果之前就有人预约包场，我应该无法预约才对啊。"

"这就是那位客人的奇特之处。"迷路坂说，"那位客人在预约时是这样说的。包场时段前如有其他客人预约该时段的客房，可以接受预约。不过在包场期间，客人不得中途离开，也不得接受新客的预约——"

听了迷路坂的解释，我皱起眉头。包场的七天里虽然可以接受连续住一周的客人，但是不能接受其他方式的预约。因为这家酒店本来就只接受一周以上的长期住客，我和夜月原本就打算在这家酒店里连续住七天，其他客人恐怕也是如此，所以哪怕是在包场期间，也能顺利预约。可是在明日之后住进这家酒店的客人，就无法预约了——

"也就是说。"我发出呻吟。

"没错,除了那位包场的客人之外,一周之内不会有任何人来。那位客人原本应该在昨天到达,可是昨天早上突然发来消息,说要'迟到一天'。正如诗叶井所说,那位客人今天并没有来访。你明白了吗?那位客人恐怕就是——"

切断电话线、烧断桥的凶手。

显然,凶手为了阻止别人来酒店救人,包下了整个酒店。

"开什么玩笑!为什么要接受这样的预约?"社先生又开始发火。

迷路坂语气平淡地回答:"因为那位客人事先支付了全款,我们以为是正常的客人。"

"什么正常的客人!无论怎么想都很奇怪吧?"

"现在想来确实如此,可是当时我们无法想象事情会变成这样。"

"给我想象啊!动动脑子!"

"人的想象力是有极限的。"

"你看不起我吗?我是庆应毕业的。"

"我是东大的,虽然中途退学了。"

"你也是东大的啊?!"

社先生垂头丧气,猛地站了起来。我以为他要回到西栋的房间,结果他很快又带着行李回来了。诗叶井急忙询问:"呀,社先生,您要去哪儿?"

"回家。这种地方我可待不下去了。"

"您说回家，可是桥已经断了啊。"

"我知道！不过只要穿过森林绕上一段路，就能绕过峡谷吧？所以说还是可以下山！"

"请、请等一下！很危险！森林里路途崎岖，走不了人啊。"

"就算是这样，总比和杀人魔一起被关在酒店里安全吧！别说了，我要走了！放手！"

"请等一下！"

我目瞪口呆地看着两人你来我往，探冈走过来说："真是一团乱。"

他一边摸着被社先生打过的脸一边说："那种人一定是最先被杀掉的。"

话里充满恨意，探冈一副想要杀掉社先生的样子。

"不管这个，我们是不是该走了？"探冈说。

"该走了？"我疑惑地问，"你也打算下山吗？"

"怎么会，别把我和那种傻瓜相提并论。"探冈轻蔑地看了社先生一眼，然后耸了耸肩膀说，"电话线被切断了，没办法报警，而且我们被关在酒店里。这是完美的暴风雪山庄啊。既然如此，能做的事情只有一件。"

"什么？"

"那还用问？"探冈笑了，"由我们来做现场调查，然后调查案件。"

...

于是探冈侦探团成立了，成员有侦探探冈和我这个冒牌助手。另外——

"喂，你也来吧。"探冈对平静地看着社先生和诗叶井打架的男人说，是三十多岁的男人石川。为什么这个人能如此平静地看着眼前的混乱呢？

他疑惑地问："我吗？"表情却依然平静。

探冈轻轻点了点头："我记得你是医生？可以验尸吧？"

"可以是可以，不过我不是专业的，我的本职工作是心脏外科医生。"

"验尸比心脏手术简单吧？"

"确实是这样……不过你这样说，法医会生气的。"

石川似乎觉得滑稽，还笑了一下，虽然我不知道究竟哪里好笑。

就这样，探冈侦探团的成员多了一名医生石川。

"我也可以加入探冈侦探团吗？"芬里尔·爱丽丝哈扎德望向我们，她看起来很想加入。探冈露出明显的厌恶表情，看来探冈团长不擅长应付芬里尔。可能是对她在解释扑克牌连环杀人事件时展现出的知识储备感到戒备吧。团长不希望有比自己优秀的成员加入。

"好，你来吧。"

结果团长还是同意了，为了展现他宽广的胸怀。于是侦探团变成了四个人。

我们再次回到东栋三层——神崎的房间。尸体的胸前还插着那把刀，石川上前检查尸体。

我看着眼前的景象，心中生出一种不现实的神奇感觉。虽然是顺其自然，不过我竟然能加入搜查，并旁观验尸的过程。如果没有出现正常情况下不可能发生的事情——桥被烧断、无法与外界联系，成为密室侦探助手的话，我就不可能出现在如今这种场合。

不久后，石川验尸结束，说出了结果。

"推测死亡时间是今天凌晨两点到四点。"

"深更半夜吗……确实能想到。"

探冈陷入沉思，我也在他身边思考。既然是深夜，恐怕有不在场证明的人不多，很难根据不在场证明缩小嫌疑人的范围。

芬里尔不顾陷入沉思的我们，来到尸体身边蹲下，毫不在意地触碰尸体。

"你在干什么？"探冈问。

芬里尔笑容灿烂地说："没什么，我也想验尸。"

探冈皱起眉头看着她："你能做到吗，验尸？"

"我有信心。"

"啊？真的吗？"

"别看我这样，我已经验过将近二百具尸体了。在十七岁的女生里，我恐怕是全世界验尸经验最丰富的一个。"

芬里尔说完，立刻开始着手检查尸体。石川在她身后说："不过，我觉得我推测的死亡时间没有错。"

芬里尔回头对他说："我听说医学界有一种说法叫作第二

意见。"

"有，不过日本还没有普及。"

"我觉得验尸也应该引入第二意见的概念。"

"你认为我的验尸结果可能有错？"

"不是的，我在考虑石川先生有可能是凶手。"芬里尔带着天真无邪的笑容说。

"在暴风雪山庄模式中，如果医生是凶手，就可以给出错误的死亡时间，伪造不在场证明，或者故意让特定人物的不在场证明不成立。为了避免出现这些情况，我认为验尸应该采取两人制——至少在暴风雪山庄模式中。"

"原来如此，你说得没错。"石川耸了耸肩，然后露出平静的笑容，"你尽管查，这样就可以证明我是无罪的。"

"不能证明你无罪。就算你说出了正确的验尸结果，也有可能是凶手。"

"啊，是吗？确实是这样。"石川佩服地说，然后露出了愉快的笑容，"看来我很难摆脱嫌疑啊。"

这个人怎么回事，一点紧张感都没有。

芬里尔像石川所说的那样仔细检查了尸体，然后说出结果："推测死亡时间是今天凌晨两点到四点。"

她说出的验尸结果和石川一样，至少排除了石川说出假的验尸结果的可能性。

芬里尔说："从死后僵硬程度和尸斑情况来看，推测死亡时间没错。其实应该要检查直肠温度的，可是不巧没有工具。"

"喂，你究竟是什么人？"探冈怀疑地看着她。

芬里尔轻轻一笑："什么人？"

"我是说，"探冈加重了语气，"无论怎么想都很奇怪吧？一个未成年人能够验尸，还那么了解扑克牌连环杀人事件。"

听了探冈的问题，芬里尔笑了。

"我只是普通市民，比别人多了解一些杀人案和法医学知识而已。嗯，说到底，"她把手伸进胸口，取出一样东西举到我们面前，"我相信的神可能和你们不一样吧。"

她拿出的是挂在脖子上的玫瑰念珠，我盯着被钉在十字架上的"那个"。

是垂下头颅，手脚被钉子钉住的骨架像。

"'晓之塔'？"

她温柔的笑容突然变得神秘起来。这位银发美少女对我们说："我重新自我介绍一下。我是芬里尔·爱丽丝哈扎德，教团'晓之塔'的五大主教之一。"

"五大主教？"

石川一头雾水，不过我和探冈都是一副恍然大悟的样子。"晓之塔"在统领教团的首领之下，设有被称为五大主教的骨干。而她年仅十七岁就成为下一任首领的候选人之一。

芬里尔低头看着同一教团的神父神崎的尸体。

"神崎的死令人遗憾。"她闭上眼睛哀悼片刻后又说，"不过他在人生的最后时刻完成了不得了的功绩。请看——这完美的密室。"

她的声音很宁静，听起来非常自豪。

"我从来没有见过如此完美的密室，神崎的死亡现场一定能给很多人带来无与伦比的幸福。"

她拿出手机，为神崎的尸体拍照。

"晓之塔"供奉杀人现场的照片。通过祈祷消除死者的遗憾，将负能量逆转变成幸福。

这的确是他们信奉的理念。

…

芬里尔离开现场后，我们茫然地盯着房间的墙壁和地毯看了很久。过了一会儿，探冈终于回过神来，重新开始现场调查，我也紧随其后。

"啊，我突然想到。"跪在尸体旁边的探冈说，"这个案件有没有自杀的可能？"

我点了点头，"真巧，我也有同样的想法。"

"晓之塔"的成员希望看到杀人现场，尤其是密室杀人现场。所以伪装成密室杀人的自杀——在逻辑上充分成立。

可是——

"不，不可能是自杀。"石川否定了我们的想法。

他语气肯定，于是我问："理由是什么？"

"尸体的伤。"石川说着，卷起了神崎的上衣袖子，那里有一道长长的刀伤。

"看这里，"因为工作见惯了血的石川表情平静地说，"除了胸口被刺穿的地方之外，这里也有伤，肯定是凶手留下的，而且这道伤痕是在神崎死后留下的。"

"因为看不到生活反应吗？"探冈问。

"嗯，没错，伤口始终是开放的。"

我听着两人的对话频频点头。为了止血、修复伤口，人体在受伤后，伤口会自然而然地想要收紧。这就是生活反应。

可是死去的人会失去生活反应。死后肉体受伤时，伤口会保持开放状态。只要检查尸体的伤口，就能判断伤口究竟是在生前还是死后出现的。

"可是我不明白，"石川说，"凶手为什么要在杀死神崎后，故意用刀割伤手臂呢？说白了，这种行为毫无意义，凶手为什么要特意做这种事？"

"嗯，确实，"探冈嘟囔着，"为什么要这样做呢？真是个谜。"

不过我马上有了想法，对两人说："不，原因很简单。石川医生看到手臂上的伤之后，马上就否定了自杀的可能性。可如果这就是凶手的目的呢？凶手为了打消被害人自杀——密室常见模式之一——的可能性，才割伤了尸体的手臂。"

在密室谜题中，最扫兴的模式莫过于被害人是伪装成他杀的自杀了。凶手打消了这种模式的可能性。通过在被害人死后割伤尸体手臂，向我们展示这起案件确实是他杀。

"原来如此。"石川愕然，笑着说，"做得真彻底。虽然是模仿以前的'雪白馆密室事件'，不过这起案子的凶手对密室还真执着。"

"确实挺奇怪的。"探冈也说,"不过正因为如此才有挑战嘛。啊,对了,少年。刚才那个问题的答案我当然也想到了,只是把展示的机会让给你而已。"

他明明斩钉截铁地说"真是个谜"。唉,算了吧。

"总之,你们努力吧。"石川耸了耸肩膀对我们说,"我要回去了,该做的事情都做完了,我对密室一窍不通,恐怕帮不上忙。"

石川说完就离开了。我们冲着他的背影摆了摆手。

"那么,"探冈伸了个懒腰,"接下来就该进入真正破解密室之谜的阶段了。"

听了他的话,我笑着说:"比起找凶手,密室更重要吗?"

"看起来现在还没有能联想到凶手的线索嘛。而且比起凶手是谁,我更擅长推理犯罪方法。"

这样啊,我点了点头,那就让我见识一下你的本领吧。

在那之后,我们花了一些时间对现场的情况一一确认。房间的结构与"雪白馆密室事件"的现场一样,家具和室内装饰也几乎相同。地板上铺的长毛地毯,房门下方的缝隙也一样。更准确地说,连走廊地毯的绒毛高度都是一样的。

另外,留在现场的物品也和"雪白馆密室事件"一样。有尖叫录音的录音机,以及装着钥匙的塑料瓶子。

我拿着瓶子来到走廊,探冈跟在我身后,我们打算验证关上门时,瓶子能不能从门下的缝隙塞进房间,结果当然不可能。瓶子子的尺寸比房门下方的缝隙大,无论如何都会卡住。

"既然如此,就到它出场了。"探冈从口袋里取出鱼线。

"你准备得真充分。"我佩服地说。

探冈微微一笑,"因为我到这里本来就是为了破解'雪白馆密室事件'之谜嘛,鱼线这种东西肯定要准备好。就算在头脑里做好了假设,要是没办法做实验也没有意义。"

我点了点头,确实如此。

于是我们进行了各种各样的实验。在尸体旁边放好瓶子,将钥匙从门下塞进房间,用鱼线放入瓶子里;或者用鱼线卷起瓶盖,尝试远距离拧紧瓶盖等。结果全都一塌糊涂。无论试多少次,钥匙都没办法送进瓶子里,也没办法操纵鱼线拧紧瓶盖。我们也试想了其他途径,可是这间房子的房门与"雪白馆密室事件"一样,要想从房间里上锁,也必须用到钥匙,而且在门把手上施加物理力量锁门的诡计也无效。因此,要形成密室,就必须从门外用钥匙上锁。

等我们回过神来,太阳已经下山了,走廊的窗户外面一片漆黑。我们毫无头绪。不过既然瓶子无法通过门下的缝隙送进房间,凶手就必须在用钥匙锁好门后,采取某种方法把钥匙从门外送回房间,这就是不可能犯罪。

"说到底,凶手为什么要用塑料瓶呢?"我疑惑地问。不是玻璃瓶,而是塑料瓶——其中有没有什么原因呢?或者只是心血来潮?

"啊,我知道了,说不定。"

探冈打算把瓶子压扁,穿过门下方的缝隙。我想:原来如此,和玻璃不同,塑料可以变形。虽然想法很简单,不过反而可能成为盲点。

可是——

"嗯。"探冈好像立刻放弃了。塑料很硬,使劲压也不会变形,勉强用力就会破,看来这条路也走不通。

"嗯。"我嘟囔着,"怎么做的呢?"

"什么叫怎么做的呢?"

我回头看向说话的人,是蜜村。

她轻轻叹了一口气,"真没想到,你们还在调查啊。"

我和探冈面面相觑。我们确实还在调查,明明天都已经黑了。

"没办法吧。"我说,"我们的使命就是解开密室之谜,而且这也是为了大家好,所以你多慰劳慰劳我们啊。"

"好好好,慰劳你们,不过要在你们真的解开谜题之后。"蜜村配合着我说,"比起这些,马上要吃晚饭了,除了你们俩,大家都在食堂。"

我和探冈面面相觑,各自摸了摸肚子。

虽然很想吃饭,可是——

"我们解开谜题之后再吃。"我说。

"你们打算绝食吗?"她惊讶地说。

"我们会努力到饿死之前。"

"你们打算花几个小时?"

"到明天之前吧。"

"会给诗叶井添麻烦的吧?"

"确实。"

"什么叫确实啊,一副高高在上的样子。"

"嗯,怎么办好呢?啊,对了。"

"嗯?"

"你也来帮忙怎么样?帮我们解开密室之谜。"

听了我的话,她睁大眼睛。

"因为,"我继续说,"你能解开的吧?这次的密室杀人事件之谜。"

她的眼睛里马上流露出厌恶的情绪。

"你想怎么样?"蜜村说,"究竟有什么目的?"

我轻轻耸了耸肩。然后,探冈插入了我们的对话中。

"没错,你想怎么样?"他说,"别开玩笑了,你想让她解开密室之谜吗?不可能的吧。"

"可是她脑子很好啊。"我说,"还得过全国模拟考试第一名,对吧?"

"什么叫对吧,那是初中时候的事了吧?"

"那也很厉害。"

"虽然没错,可是……"

探冈看着我们的交流,轻轻笑出声来。

"啊,确实很厉害。全国模拟考试第一名,我都没有拿过。"他说完,露出一丝轻蔑的微笑,"不过就算学习成绩好,和真正的聪明也是不一样的。我认识不少学习很好却什么忙都帮不上的人。"

这说的是探冈自己吧?我心想。不过我对蜜村的看法可不一样，别看她长相高冷，其实脾气一点就着。她用明显带着怒意的口气问我："这人是谁？"

"探冈先生，你们见过好几面了吧？"

"啊，就是那个发现尸体的时候，说话前言不搭后语的人啊。他智商太低，我自然而然地把他从记忆里抹去了，记住他纯属浪费时间。"

探冈的脸一下子红了，他也被激起了怒意，生气地说："我也已经把你忘了，刚才才想起来。"

"没事，我忘的时间比你更长。"

"不，我更长。"

"不不不，我更长。"

简直是小学生吵架，完全想不到这是两个优等生的对话，看来学习成绩和聪不聪明确实没什么关系。

最后，探冈甚至放话说："总之，我比你聪明得多！啊，对了，来比一比吧，看谁先解开密室之谜，输的人要下跪道歉，怎么样？"

蜜村听完，傲慢地耸了耸肩。

"嗯，可以啊，不过没问题吗？这就意味着你要下跪了哦。"

"啊呀，挺有自信的嘛。"

"对，胜负已定，因为——"她说，"我已经解开密室之谜了。"

听了她的话，我和探冈一瞬间停止了思考。蜜村看着我们，歪着头不解地说："我反而真的不明白，你们为什么连这种三流密室都解不开。"

......

因为神崎房间的门在发现尸体时被我用身体撞开，门锁已经坏了，合页也松了，所以为了重现密室诡计，我们来到了神崎房间的正下方，也就是曾经发生过"雪白馆密室事件"的现场，蜜村希望尽可能使用正常状态的门来重现诡计。虽然"雪白馆密室事件"现场的门在十年前事件发生时已经被破坏，不过后来被修复了，现在可以正常开合。这间房间的结构和神崎的房间一样，因此可以说这儿是最适合重现诡计的地点。

不过，蜜村对于要重现诡计的事情非常不高兴，似乎在后悔和探冈吵架时，透露了自己已经解开密室之谜的事情。

"还把大家都集中在一起。"蜜村看着周围的人，厌烦地说。正如她所说，雪白馆的客人和工作人员此时几乎全都聚在了这间房子里，是探冈叫来的。

"我觉得有观众才热闹嘛。"

虽然他说得漫不经心，其实用意完全暴露了。他恐怕是想让蜜村在众人面前说出错误的推理，给她难堪吧。他的愿望究竟能不能实现呢？

蜜村叹了口气。

"那就开始吧。"她无可奈何地说。

环顾观众一圈后，她先说了一段开场白："大家都知道，今天凌晨，这座酒店的住客之一，神崎先生被杀害了。死因是刀刺，而且现场是密室，甚至还是十年前发生的'雪白馆密室事件'的复刻版。不过反过来说，如果能解开'雪白馆密室事件'之谜，就能解决这起案件,所以我们将在发生'雪白馆密室事件'的房间里进行诡计重现的实验。不过事实上是因为现场的门坏了。接下来,请大家先到里面的房间。"

我们跟随蜜村的指示从有入口的主屋来到旁边的房间,也就是十年前发现被刀刺中的人偶的地方。房间里放着扮演尸体的毛绒小熊和从食堂拿来的菜刀,旁边还有录音机和装着钥匙的瓶子子。

蜜村捡起瓶子,打开瓶盖取出钥匙。

"十年前事件发生时,现场的作家和评论家们异口同声地说这是完美的密室。我没有看过雪城白夜的小说,对十年前的事件一无所知,不过我认识一个人对当时的事件非常了解,这是他告诉我的。"

她口中认识的人当然就是我。在观众聚集在房间里之前,她和我聊过天。

"可是我觉很奇怪。完美的密室——并非如此吧。我反而能看到不少只要解开,就会暴露自己是凶手的诡计。"

蜜村说完,将手里的瓶子和钥匙放进了口袋,然后竖起九根手指。

"一共有九条线索。一、录有尖叫声的录音机;二、格子窗;三、瓶盖上的圆环;四、扎在尸体上的刀;五、门下比瓶子窄的缝隙;六、走廊上,绒毛高度达七厘米的地毯;七、关了灯的黑暗房间;八、走廊上,绒毛高度为一厘米的地毯;九、塑料瓶子。"

"没想到线索这么多!"夜月念叨着,"可是我不太明白这些线索意味着什么。"

"地毯的毛高应该有意义吧。"芬里尔说。

"我不觉得房间里没开灯这件事非常重要啊。"梨梨亚说。

蜜村潇洒地挠了挠长长的黑发。

"那么我就一个一个来解释吧。首先,从'一、录有尖叫声的录音机'开始。葛白,你觉得这件事意味着什么?"

"嗯?我吗?"

突然被点名,我吓了一跳。蜜村看到我的反应,耸了耸肩膀说:"有人听我分析,我更容易解释。"原来如此,我想,我是要当助手啊。

我仔细思考片刻,希望能达到蜜村的期待,于是说出了以下意见:"应该是为了告诉我们房间里有尸体吧。凶手为了让我们发现尸体,才利用了录音机。"

蜜村点了点头。

"嗯,是的。然后现场的窗子是镶死的'二、格子窗',人无法出入,要想进入房间就只能破门。"

"也就是说。"

"对,没错。凶手利用录音机是为了让门被打破。而破门这个行为正是制造此次密室的关键。"

蜜村说完,从口袋里取出了塑料瓶子。

"接下来,要解释'三、瓶盖上的圆环'了。这个圆环要这样用。"她从口袋里取出了一根三米长的皮筋。是把好几根五毫米粗的皮筋剪断后连在一起做成的。她把皮筋穿过瓶盖上的圆环,然后跪在格子窗附近的地毯上,把皮筋穿过最靠近地板的正方形格子('格子A'),绕到窗户外面后,再穿过旁边的格子('格子B')绕回到房间里。这样一来,皮筋就绕过了格子窗上的一根竖框。接下来,蜜村从口袋里取出一个棒状秤砣,把皮筋两端牢牢系在了秤砣上。因为两端绑在了同一个秤砣上,皮筋就变成了一个巨大的环。

"接下来,把这个棒状秤砣挂在窗外。"

蜜村说完,把秤砣穿过"格子B"伸出窗外。因为房间位于二层,所以秤砣不会落地,而是保持挂在窗外的状态。然后她试图把穿在皮筋上的塑料瓶子拉向与窗外的秤砣对称的位置。

这样一来,皮筋的一头穿过了塑料瓶子,另一端则穿过窗户上的格子后系在棒状秤砣上,而皮筋还套着一根窗户上的竖框。蜜村试着将皮筋拉向远离窗户的方向,于是挂在窗格上的皮筋拉紧了。

蜜村点了点头,拉上窗帘,将房间布置成发现神崎尸体时的样子。因为窗帘与地板之间有一厘米左右的缝隙,所以地板上被拉紧的皮筋不会碰到窗帘。

"下面到了'四、扎在尸体上的刀'。"蜜村说着,轻轻蹲在扮演尸体的毛绒小熊旁边。她拿起地板上的刀,贯穿了小熊玩偶的身体,一直插进地板里。菜刀的刀刃有三十厘米长,磨得像小刀一样锋利。毛绒小熊背对着主屋和隔壁房间之间的门,插在小熊身上的刀的刀刃同样对着门发出寒光。

在毛绒小熊对面就是格子窗。门、玩偶和窗户正好处于一条直线上。

蜜村手里的皮筋绕成一个圈，被格子窗的竖框拉紧，几乎呈一条直线，看起来就像两条平行线。她把两根平行的皮筋套在刀的两边，抻长的皮筋像套圈一样套住了刀，然后蜜村拿着瓶子向后走去。

"就这样走到走廊里。"

她说完，继续向房间的出口走去。被格子窗挂住的皮筋随着蜜村的移动越来越长，当她走到房间门口时，皮筋的长度已经变成了原来的三倍。

她直接走到走廊上，所有人都跟在她身后。

皮筋绷得紧紧的。中途经过连接主屋和隔壁房间的门框，画出一条折线。从作为案发现场的隔壁房间走向主屋时，必须通过位于主屋左侧墙壁上的门。所以经过主屋从隔壁房间来到走廊上时，皮筋无论如何都会在隔开主屋和隔壁房间的门框上画出一条折线。顺带一提，发现尸体时，两个房间之间的门是敞开的，这次同样保持了敞开的状态。

"现在关上房门。"

到达走廊后，蜜村说完这句话便关上了房门。绷紧的皮筋通过门下的缝隙进入走廊。她拿着皮筋，用另一只手取出钥匙上锁。

她对大家说："这样一来，门就锁上了，而钥匙就是在这时放进瓶子里的。"

她打开有皮筋穿过的瓶盖，然后把钥匙放进瓶子里，又盖上了盖子。

"接下来只要把装着钥匙的瓶子送回尸体旁边,密室就完成了。"

确实是这样,不过难题就在这里,这个密室最大的谜团当然就是如何将装有钥匙的瓶子送回室内。

"方法是这样的。"

蜜村蹲在门边,试图把瓶子穿过门下的缝隙,不过瓶子卡在门下进不去。见此情景,探冈笑出声来。

"喂喂喂,你在开玩笑吧?你也太笨了吧?"他开心地说,"'五、门下比瓶子窄的缝隙',瓶子无法穿过门下的缝隙,连自己说过的话都忘了,你的记忆力和鸡的水平一样吗?"

"因为我上辈子是鸡啊。"

"什么?"

"开玩笑的,而且你误会了,我并不打算让瓶子穿过门下的缝隙,而是要利用瓶子无法穿过缝隙这一点,让瓶子卡在门口。"

说完,蜜村松开了手。瓶子被皮筋拉紧,几乎要进入房间,可是并没有进入,因为它被比自己更窄的缝隙卡住了。卡在没有装合页的一侧,门的左边角落。

接下来,蜜村保持蹲下的姿势,双手抚摸门周围的地毯,手法像抚摸小猫小狗一样。

"'六、走廊上,绒毛高度达七厘米的地毯'。"

"这又怎么样?"

我睁大了眼睛。随着蜜村将长毛地毯的毛捋到门边,瓶子渐渐被毛埋住,彻底看不见了。其实只要不蹲下用手摸,就很难发现门边藏着一个瓶子。

"准备完成。"蜜村起身说,"接下来,我们在发现尸体时用身体撞开了房门,葛白,如果现在发生同样的事情,你觉得会发生什么?"

"会发生什么?"

我疑惑地问。在这种状态下破门,即打开向内开的门——不就会变成那样吗?那么,这个密室的诡计是——

"让我们来试试看吧。"蜜村再次蹲在门边,从地毯里取出瓶子,打开盖子拿出钥匙。然后在开门后重新将钥匙放回瓶子里。拧紧瓶盖后,她环视四周,最后目光停在了夜月身上。

"夜月。"

"在呢在呢。"

"你可以帮帮我吗?"

蜜村说着,将手里的瓶子递给了夜月,然后指着门对夜月说:"现在,我们要回到房间里,请你留在走廊上,帮我重现诡计。你是我的助手。具体要请你做的,就是在我们进入房间后,重新将瓶子卡在门下的缝隙处。然后听我的指令猛地推开门。可以吗?"

"卡住瓶子,开门。"夜月小声重复了一遍,盯着手里的瓶子说,"嗯,是没什么问题啦。"

蜜村点点头,再次打开房门让我们进去。然后独自留在走廊上的夜月轻轻关上门,我听到了瓶子卡在门下方的缝隙处的声音。

我重新看了看房间里的情景。

房间地板上是绷紧的皮筋，皮筋的一端穿过在走廊的瓶子，另一端挂在格子窗的竖框上。另外，绷紧的皮筋在中途还套着插在毛绒小熊身上的刀的刀刃。

蜜村停在了主屋和隔壁房间之中的门前。和发现尸体时一样，门敞开着。蜜村正面对着门，然后贴着墙壁向远离门口的方向退开，所有人都聚集在她身边。

"那么，"蜜村说，"夜月，请开门。"

片刻之后，门猛地打开了。

卡在门口，装着钥匙的瓶子就像离弦的箭，或者像沿着地面奔跑的老鼠一样失去了束缚，被绷紧的皮筋拉着，瞬间完成了加速，以肉眼追不上的速度在地毯上移动，划过一道弧线后飞进了隔壁房间，快速向皮筋套住的刀刃飞去。然后，瓶子被拉向菜刀，穿过瓶盖的皮筋撞上了刀刃。三十厘米长的锋利刀刃径直切断了皮筋，之前还围成圈的皮筋重新变成一条线，从瓶盖上的圆环滑落。皮筋被挂在窗外的棒状秤砣拉扯着，穿过地板和窗帘之间的窄缝，穿过窗格消失在窗外。

房间里只留下了装在瓶子里的钥匙。

没错，只留下了钥匙。

"这就是凶手使用的诡计。"蜜村说，"我们听到录音机的声音冲进房间里时，钥匙还在房间外。可是在打开门的瞬间，钥匙就被皮筋拉到了室内。"

我们惊讶得说不出话来。这就是杀害神崎，以及十年前"雪白馆密室事件"诡计的真相。

第一个密室诡计

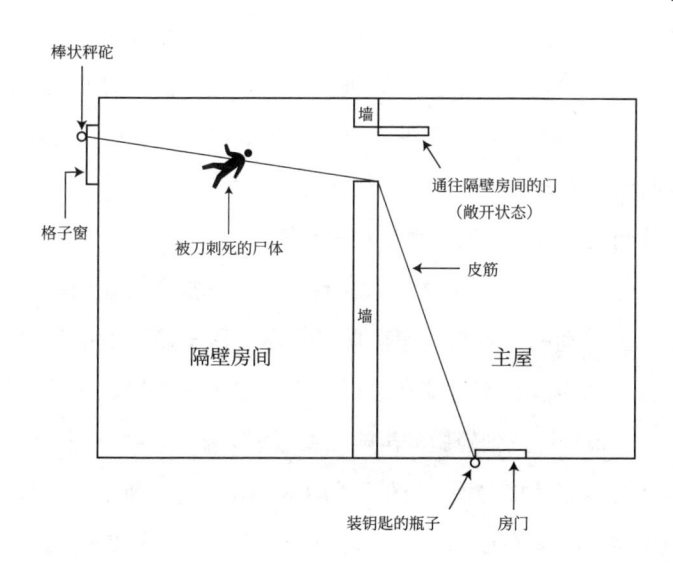

【图示：北方向指示。图中标注有"棒状秤砣"、"格子窗"、"被刀刺死的尸体"、"墙"、"通往隔壁房间的门（敞开状态）"、"皮筋"、"隔壁房间"、"墙"、"主屋"、"装钥匙的瓶子"、"房门"】

"可是、可是，这个诡计里有不可能完成的地方吧？"说话的人是探冈。听他的语气，似乎想在蜜村的话里找出漏洞。"用绷紧的皮筋确实可以让瓶子瞬间移动到隔壁房间，尽管不到一秒，可还是需要时间。那时，我们之中可能有人看见了在地毯上高速移动的瓶子，不是吗？"

确实如此，我想，探冈的说法很在理。可是——

"正因为如此，才有七。"

"七？"

"对,'七、关了灯的黑暗房间'。"蜜村说,"发现尸体时,房间里没有开灯,窗户上也挂着暗室里会用的厚遮光窗帘,所以房间里一片漆黑。再加上破门的两个人,葛白和探冈的后背形成了盲点,导致走廊上的人视野被挡住,因此人们是看不见的。另外,破门的两个人从明亮的走廊进入漆黑的房间,眼睛适应黑暗需要时间,没办法在破门后立刻注意到脚下。"

探冈无言以对,蜜村接二连三地说。

"然后是'八、走廊上,绒毛高度为一厘米的地毯'。瓶子在地板上移动的声音被地毯吸收了。尽管瓶子撞在墙壁和窗格上时总会发出声音,不过那是破门后立刻发生的事情。在巨大的声响后,人很难注意到轻微的声响,相当于听不见。接下来,九,"蜜村环顾大家后接着说,"凶手用的是'九、塑料瓶子'。就算在地板上滑行,撞在墙壁上也绝对不会裂开。如果用玻璃瓶子,肯定会碎吧?以上就是密室诡计的真相,感谢大家的倾听。"

……

"那女孩究竟是什么人?"

蜜村的推理结束后,夜月问。我耸了耸肩膀说:"只是个普通人。"夜月立刻露出了无法接受的表情。

"真的吗?"

"真的啊。"

当然是假的。不,不算假的。蜜村漆璃只是普通人,并没有从事特殊职业,也没有接受过特殊教育。

只有一点，她有与众不同的过去。

　　三年前的冬天，一名初二的女生因为有杀害父亲的嫌疑被捕。根据现场情况，少女无疑就是凶手，可是审判结果是无罪释放。为什么？因为现场是密室。

　　三年前的冬天，日本的第一起密室杀人事件。

　　那名犯罪嫌疑人的名字是蜜村漆璃，我曾经的同学。

回想1　三年前・十二月

我走进文艺社的活动室，那里一个人都没有。我只好无所事事地翻看起文库版小说，可她依然没有要来的迹象。真少见啊，我不禁开始回想起来。初一那年的春天，我遇到了蜜村，在将近两年的时间里，她几乎没有在社团活动时请过假，总是比我更早来到活动室，有时看看推理小说，有时抱着桌游不耐烦地等我来陪她玩。不知道为什么，文艺社的活动室里放着大量桌游，我们俩经常用一百日元硬币作为筹码玩桌游。

我看着堆积如山的桌游思考今天要和蜜村玩什么，可她迟迟不见踪影，我失去了耐心，最终决定回家。文艺社的活动室很小，独自一人总是有些寂寞。

那天我回到家后，电视里正在播放杀人案的新闻。东京市内有一个男人被杀，他正在上初二的女儿被警察带走问讯。如果只是这样，并不会引发话题，不过那起案件还有一个要素。男人是在家中的一间房子里被杀的，门从里面锁上了，唯一能开门的钥匙也被发现在房间内。也就是说，现场是密室。在我的记忆里，此前日本从来没有发生过密室杀人案。换言之，那是日本第一起密室杀人案——我对此感到非常兴奋，早早来到学校想和蜜村讨论。

可是当我第二天来到学校时，教室里的同学们正在议论纷纷，传言说昨天新闻里那起杀人案的嫌疑人就是蜜村,她被警察逮捕了。我以为这只是恶意的玩笑,可是我去蜜村的教室一看,她竟然真的不在。

连续几天,周围全都是蜜村的消息,还有一些我所不了解的关于她的信息。比如她的父母离婚了,她跟着母亲生活,没有和父亲一起住,姓氏也和父亲不一样。蜜村的妹妹和父亲一起生活,她在父亲被杀的两周前,从家里的二楼掉下来摔死了。

事情的轮廓逐渐清晰起来。

现场是东京市内的独栋小楼,是一栋西式豪宅,甚至称之为宅邸也不为过。父母离婚前,蜜村和父亲、妹妹一起住在这里。案件发生当天,门口的监控拍下了蜜村的身影,她确实在案件发生当天去过那里。还有另一个证据成为她被逮捕的原因。法医发现她父亲的胃里有自己的指甲。神经质的人往往会有一些习惯,她父亲会咬自己的指甲,然后吞进肚子里,而在他肚子里的指甲上检查出了蜜村的皮屑和血迹。事实上,她的手背上确实有被指甲抓过的伤痕。

警察认为那是蜜村与父亲争执时留下的伤痕,是蜜村杀害父亲时,父亲反抗留下的伤痕。对此,蜜村承认曾经与父亲发生争执,可是始终坚称自己没有杀人。她说自己与父亲扭打后离开了现场,在那之后另有其人杀害了父亲。算上管家、女仆在内,宅邸里共有五名用人,然而在推测被害人的死亡时间段里,五个人碰巧全都不在。宅邸大门装有监控,如果用人或者强盗之类的第三者想要进出现场,就必须翻越宅邸周围的围墙。围墙有十米高,人不可能翻越，不过警察从一开始就考虑到了这种可能性。蜜村在父母离婚后的两年里，从没有来过这里。案件发生那天，是她时隔两年后第一次来访。时隔两年，与父亲发生争执，手背被抓破，而且恰好就在这一天，有另一个人翻越十米高的围墙杀死了她的父亲，这实在是太巧了，如果警方认可蜜村的说法，那么大部分刑事案件都将难以举证。

而且她父亲并没有咬指甲的习惯，更何况是染血的指甲。吞下染血的指甲是他在平时想都不会想的行为，只能推测是她父亲为了避免蜜村清除留在自己指甲上的证据，才咬断指甲吞进胃里"藏起来"。

对此，蜜村认为或许是父亲有这样的癖好，也就是咬沾有女儿的血的指甲并且吞下的癖好。当然，警察和检察官对她的说法一笑置之，审判时并没有采用。

从始至终，蜜村都没有承认自己是凶手。我不知道她究竟是不是凶手，就算她是凶手，我也不知道她的动机。根据八卦小报的报道，在案件发生两周前摔死的蜜村的妹妹，或许不是死于意外，而是被父亲杀害的，蜜村为了给妹妹复仇杀死了父亲。可是警察从来没有公开过类似信息，所以也有很多人认为这是八卦小报杜撰的谣言。

案件发生时，蜜村十四岁，还未成年。但根据家庭法院的审判结果，她可以承担刑事责任，以至于她没有接受少年审判，而是接受了和成年人一样的刑事审判。东京地方法院一审时，检查方和辩护方就密室问题针锋相对。

根据各个媒体的报道，案发现场是完美的密室。发现蜜村父亲尸体的地方是他自己的房间，只有一扇门，而且门上没有任何缝隙，不要说钥匙了，就连线都无法通过。窗户是嵌死的，无法出入。房间没有备用钥匙，也没有万能钥匙，唯一的钥匙在房间里——尸体旁边办公桌的抽屉里，而且抽屉上了锁，抽屉的钥匙在尸体穿着的衣服的口袋中。

门钥匙上挂着钥匙扣，钥匙扣有房间号，只要替换钥匙扣，不论钥匙是哪把，大家都会以为是那个屋子的钥匙。然而发现尸体时，在现场的管家和女仆都检查过，钥匙是真的，他们也用那一把钥匙试过能不能锁门。所以现场办公桌抽屉里的钥匙确实是真的，不可能被替换。

检察官考虑了所有可能性，结果仍未能破解那个现场的密室之谜。最终，蜜村在一审被判无罪，二审和三审都维持原判。

第二章

密室诡计的逻辑解释

那天夜里，聚集在食堂的人的脸上都带着喜气洋洋的表情。因为密室之谜被破解了，大家都松了一口气。尽管凶手还没有被抓住，案件尚未解决，不过大家都暂时忘记了这一点，享受着短暂的和平。

在平和的气氛中，只有探冈一个人闷闷不乐，时不时地向蜜村投去愤恨的目光，看起来对她刚才解开密室之谜的行为相当不满。

吃饭时，我注意到一件事，于是在吃完饭后询问迷路坂。

"对了，社先生怎么样了？"

酒店的住客都在食堂，唯独看不见贸易公司社长社先生的身影。听了我的问题，迷路坂回答："啊，社先生已经回去了。"

我情不自禁地叫了一声，皱起眉头问："你说他回去了，可是桥不是还断着吗？"

"是的。"她点了点头，"他是穿过森林离开的。就在今天中午，远早于蜜村小姐的推理前。我和诗叶井劝了他很多次，可是一转头，他就冲到森林里去了。我们马上追了出去，可是他已经不见了。如果继续深入，我们自己也会有危险，所以没办法，我们两个就放弃搜索，回到酒店了。"

嗯，换句话说，社先生现在——

"几乎可以确定他已经遇难。"迷路坂平淡地说，"因为在这座山里，外行如果没有地图是不可能下山的。就算我们想联系警察，也找不到方法。"

"因为电话线被切断了啊。"

这算什么事啊？我想。没想到登场人物会以这样的方式减少。我重重叹了一口气。

"社先生为什么要冒这么大风险逃走呢？"

"你问我，我也不知道啊。不过，说不定他掌握了什么线索？"

"线索？"

"他觉得自己会被杀掉。"

听了这句话，我浑身一凛。社先生认为接下来还会继续发生杀人事件吗？

"对了，"我改变话题，想要掩饰自己的不安，"一会儿可以让我看看监控录像吗？就是大门入口处的那一台。"

雪白馆四面有二十米高的围墙，要想进入馆内，唯一的出入口只有大门，而且大门旁边设有监控。

迷路坂疑惑地问："可以是可以，但是为什么呢？"

"为了排除凶手来自外部的可能性。"

因为桥断了，这座酒店已经成为暴风雪山庄。虽说如此，但凶手并不一定就在我们之中。说不定有人潜伏在酒店周围，杀害了神崎。不过只要看过安装在门口的监控，就能排除凶手来自外部的可能性。如果不经过大门，凶手就无法进入酒店杀害神崎。如果凶手是外部人员，就必须通过大门，从而在监控上留下影像。因此只要监控视频里没有出现其他人，就能确定凶手一定在我们之中。

我解释过后，迷路坂强词夺理地说："可是凶手也有可能在很早以前就躲在围墙里面啊。"

她是这样想的，监控录像似乎只能保存一周，如果有外人一周前就躲进了围墙中，那么此人的影像就已经被覆盖删除了。所以凶手可以在围墙里潜伏一周，然后杀害神崎。

虽然迷路坂的说法荒唐无稽，但我却没办法否定这种可能性，实在很难受。见我表情严肃，迷路坂说："请放心。自从酒店开业以来，我连续两年每天都会检查监控视频，就连休假离开酒店的时候，我也会在回来后一并检查。如果有可疑的外人从大门进入，我一定会发现的。"

原来如此，我想。然后小心翼翼地问："那么，有可疑的外人吗？"

"幸运的是没有。"她告诉我，"我已经检查过昨天的录像了。"

"这样啊，那么就可以彻底否定凶手是外人的可能性了。不，等等，说不定凶手在酒店开业前就潜伏进来了。"

"强词夺理。"

"不过确实有可能吧？"

迷路坂摇了摇头："不可能，潜伏两年以上需要两年的食物对吧？如果酒店的食品库里每天都会减少一人份的食物，我一定会注意到的。"

"可是凶手也有可能一次性将两年的食物从外面带进来啊。"

"如果是那样，食物一定是相当大的分量吧？"迷路坂一刻不停地反驳，"院子里没有地方能藏那么多食物，所以凶手一定要把食物藏在酒店里的某个地方。可是我和诗叶井每年都会对这座酒店做一次大扫除。每年春天，我们会将酒店的角角落落都打扫一遍，如果凶手带来了两年份的食物，大扫除的时候一定会被发现。"

"嗯，原来如此。"我嘟囔道。这样一来，凶手是外人的可能性就被彻底否定了，这就意味着凶手在我们之中。

接下来，我问了一个刚才与她谈话时想到的问题："迷路坂，昨天晚上的监控录像里拍到了谁？"

"什么意思？"

"你看，昨天晚上桥被烧断了对吧？要想给桥点火，就必须走出围墙。我觉得监控录像里可能拍到了凶手。"

迷路坂思考片刻，仿佛在努力回忆，然后摇了摇头："没有，录像里没有拍到任何人。"

"嗯，这样的话。"

凶手到达酒店前，在吊桥上安装了定时点火装置，用它点的火吗？这就意味着此次杀人是计划好的。因为如果是激情杀人，凶手无法事先在桥上安装点火装置。

"是不是带计时器的机械性点火装置呢？"迷路坂说。

我回答："也许是吧，不过还有更简单的方法，比如使用装有黄磷的点火装置。黄磷遇到空气就会燃烧，所以平时保存在水里，可以利用这种性质制作定时点火装置。比如用含水的脱脂棉包住黄磷，一段时间后，脱脂棉中的水分蒸发，黄磷接触空气燃烧，即把黄磷当成火种。"

"原来如此，如果真是这样，就算没有专业的技术和知识也能完成。"迷路坂说着点了点头，"那么，任何人都可以烧断桥吗？"然后，她用手撑着下巴摆出一副沉思的表情。

……

早上五点，我睁开眼睛，在被子里翻滚了五分钟，依然没有再次进入梦乡。我只好换了衣服来到酒店大堂，其他人应该都没有起床，不过比起在房间里发呆，我打算做些事情来打发时间。

可是等我来到大堂后，发现那里已经有人在了，是梨梨亚和她的经纪人真似井。让我吃惊的是，连夜月都在，她明明不喜欢早起。

"喂，香澄，我跟你说，不得了啊。"夜月兴奋地冲我招手，然后看着真似井说，"真似井先生说他以前做过占卜师。"

我觉得这话说得没头没脑，往桌子上一看，那里摆着塔罗牌，于是我多少弄清了情况。夜月是在请真似井为她用塔罗牌占卜吧，而且真似井的本事让她大吃一惊。

"仆人，你也坐。"梨梨亚说，然后说了句过分的话，"真似井会为你占卜你无聊的未来。"

我叹了口气，听她的话坐下。

"你有什么想占卜的事情吗？"真似井问我。

我思考片刻，说出了第一个从脑子里冒出来的事情："简单来说，就是这次案件的凶手是谁？"

结果梨梨亚踢了我的小腿一脚，冷冷地说："别说这些无聊的话，仆人，老老实实地问恋爱运之类的事情啊。"

"是。"

"那就测恋爱运，可以吗？"看着行为乖张的梨梨亚，真似井急急忙忙地说。虽然梨梨亚从昨天开始就放弃装作乖小孩了，不过踢我这个普通民众的腿的行为,经纪人看见还是会提心吊胆吧。

真似井熟练地切牌,能听见唰唰的声音,然后一边在桌上摆放塔罗牌,一边说着"逆位""塔"之类的词,最后对我说:"努力的话,能成。"

真是粗略,非常敷衍的回答。

"既然香澄的占卜结束了,我们继续来玩大富翁怎么样?"

夜月说着,在桌子上摆起了大富翁。听起来在真似井开始占卜前,三个人就在玩大富翁。夜月只是偶尔——真的是偶尔早起,来到大堂时,梨梨亚和真似井已经起床了,两个人在玩大富翁,于是夜月也加入进去。

"不过,是谁把大富翁这种东西带来的?"我问。

"不知道,就放在大堂里。"梨梨亚说,"好像是酒店的东西。还有平衡塔、麻将、宾果游戏等,甚至还有多米诺骨牌。是不是以前大学多米诺兴趣会的人来住酒店时忘记带回去的啊?"

听到梨梨亚惹人发笑的推理,我情不自禁地笑出声来。

"啊?"梨梨亚瞪了我一眼,然后用危险的声音宣布,"从现在开始,我要在大富翁里让你一败涂地。"

…

在我们玩大富翁时,其他住客渐渐聚集在大堂里。迷路坂也起床了,正在为大家分发饮品。

芬里尔问:"饭还没好吗?"

迷路坂指着大堂和食堂栋之间的门说:"抱歉,早餐从八点开始。"

那扇门就在我们的桌子旁边，前面摆着一块禁止通行的板子，上面写着"晚上十一时至早上八时禁止入内"。

"真遗憾。"石川慢条斯理地感叹。

不一会儿，蜜村也起来了。她看着我们几个热衷于游戏的人问："你们在干什么？"

我回答说："在玩大富翁。"她应了一声。

结果，蜜村也加入进来，包括我、夜月、梨梨亚和真似井在内，一共五个人一起玩游戏。玩着玩着就到了八点，迷路坂撤走了通往食堂栋的板子。我用手使劲儿按了按肚子，也许是因为玩游戏太耗费脑力，我饿了，蜜村似乎也饿了。

我们打开连接大堂和食堂栋的门鱼贯而入，短短二十米左右的走廊尽头是一扇门。我们穿过那扇门走进食堂，然后立刻感觉到不对劲儿。

首先，食堂里没有准备自助早餐，面包的香味被强烈的铁锈味取而代之。我自然而然地看向气味的来源，那里放着一个单人沙发，应该是从大堂搬来的，深深陷在沙发里的是一具尸体，死者是诗叶井。

死者旁边放着一张扑克牌，是红桃10。

所有人都愕然地看着诗叶井的尸体。她上衣的胸口处被鲜血染红，似乎被锐器刺了好几刀。凶器就滚落在诗叶井所坐的沙发前面。那是一把像长刀一样的长柄斧头——一种被称为戟的武器。戟是斧头背面有尖锐刺刀的武器，诗叶井被刺刀数次刺穿胸部。

尖锐的刺刀垂直于手柄,像长枪一样尖锐。蜜村见到凶器后,慢吞吞地说:"凶手为什么不用斧头,而是用刺刀杀死诗叶井呢?"

只有我听见了她的疑问,当然,我没办法回答。

诗叶井的尸体靠近食堂南侧的墙边(食堂入口一侧的墙壁)。坐在沙发上的尸体面朝东,对着出入口的方向。另外,南侧墙壁——尸体右侧放着餐具架。架子距离尸体两米远,有少量血迹溅在上面。

作为凶器的戟滚落在诗叶井所坐的沙发前,柄头(没有刀刃的一侧)朝向墙壁。柄头上有蓝布装饰,和戟的大小相近。我用手一摸,发现布被水淋湿了。蜜村也摸了摸蓝布,头侧向一边。

我亲手拿起戟后发现,它非常轻,似乎是舞台上使用的道具,

第二次杀人(食堂杀人)现场

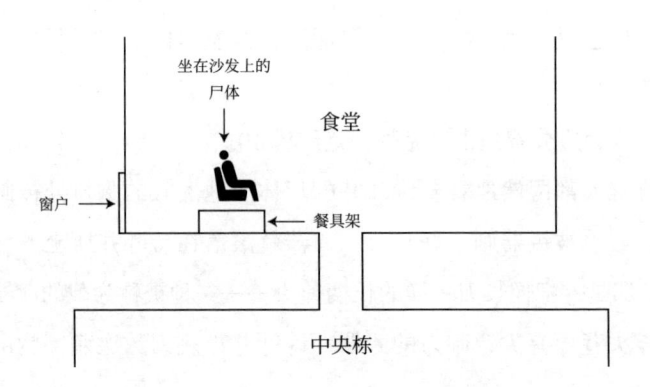

大部分零件都是塑料制成的。既然如此，男女都应该可以使用，只有刺刀的部分被换成了金属刀刃。

"所以凶手才要用刺刀杀人。"蜜村说，"因为斧头是道具，无法用来杀人。"

调查完凶器，我看向诗叶井的尸体，医生石川和芬里尔开始验尸。

"死因果然是刺杀，胸口有五处刺伤。"石川说。

"推测死亡时间在一到两小时之前吧？"芬里尔说。

"嗯，我的判断也差不多，就是在今天的六点到七点之间。"

"我看过厨房了。"迷路坂说，因为诗叶井被杀，总是一脸平静的她看起来也有几分不安，"诗叶井没有准备早餐，可她总是会在前一天完成准备工作，早上需要做的事情本身并不多，一般会从六点到七点开始。"

"与推测的死亡时间吻合。"石川说。

我一边听他们的对话，一边在脑海中整理信息。诗叶井在早上六点到七点之间从自己住的西栋来到食堂，在开始准备早餐前被杀——如果按照这个思路，确实与推测的死亡时间吻合。不，等等。

正好相反，全都是不吻合的地方。

"迷路坂。"我说。

她歪着头问："什么事？"

"我想确认一下，食堂栋没有后门吧？"

迷路坂似乎不明白我为什么要问，停顿了一下才回答："不只是食堂栋，整栋建筑都没有后门之类的东西，窗户也是嵌死的。"

食堂北侧的墙是整片的落地窗，不过确实是嵌死的，无法开合。食堂西侧墙壁的角落——西南角的部分也有窗户，不过同样是嵌死的，无法供人员出入。

"因此只有经过中央栋的大堂才能去食堂吗？"

"对，之前已经说过，无法在不经过大堂的前提下进入食堂栋。"

我嘴里嘟囔着，这是怎么回事？难道说眼前的情况——

夜月拉了拉我的衣摆。

"香澄，怎么了？"她担心地说，"你要是不舒服的话，可以休息一下。"

"不，没关系，我只是在思考。"我说完这句话，看着所有人接着说，"我注意到了一件重要的事情。"

"重要的事情？"反问的人是石川，"究竟是什么？"

"我是早上五点醒来的。"早早醒来后就再也没能睡着，"所以起床后就来到了大堂，见到夜月、梨梨亚和真似井在玩游戏，就加入了他们。"

"嗯，确实是这样。"梨梨亚说，"可是那又怎么样呢？"

"我们玩游戏的桌子就在唯一一扇通往食堂栋的门旁边。"我说，"我是五点多到的，而梨梨亚和真似井在那之前就已经占据了这块地方。尽管偶尔有人会离开去上洗手间，不过我从五点多开始，一次都没有离开过。八点，迷路坂撤走了通往食堂栋的门前的板子，在此之前，我始终没有离开过。可以说，尽管不是故意的，但我确实从早上五点到八点都在监视这扇门。其间没有任何一个人曾去过食堂栋。"

"这就是说，"芬里尔说，"食堂栋是某种密室？"

"对，就是所谓的'广义密室'。"

自从这个国家密室杀人案开始频发以来，法务省①就将密室分成了三种——"完全密室""不完全密室"，以及"广义密室"。"完全密室"和"不完全密室"也被合称为"狭义密室"。

"完全密室"的定义是室内发生杀人事件，而房间的所有门窗都上了锁，这就是所谓最标准的密室。

与此相对，"不完全密室"的定义是在室内发生杀人事件，房间的所有门窗都相当于上锁的状态。比如向内开的门前由于有障碍物的遮挡而无法打开，或者尽管窗户开着，可是房间位于高层，任何人都无法进出等。这种类型的密室就属于"不完全密室"。

而"广义密室"的定义与"完全密室"和"不完全密室"的定义均不相符，比如以雪地密室为代表的，没有足迹的杀人事件。另外，现场在广场，进入广场的所有路线都有监控的情况同样属于"广义密室"。不过"广义密室"与"不完全密室"的边界并不清晰，比如在开着窗户的房间发生了杀人事件，窗外有积雪，只要经过就会留下足迹，所以人无法进出。这种情况下，究竟应该因为窗户开着而归于"不完全密室"的范畴，还是应该因为属于雪地密室的变种而被定义为"广义密室"呢？这种情况难以判断，专家们的意见会发生分歧。

---

① 法务省：日本维持基本法制、制定法律的行政机关。

"总之,这次的犯罪现场食堂栋从五点到八点都属于'广义密室'。"我说,"这就意味着在这段时间里,凶手,包括被害人诗叶井自己都无法进入食堂栋。尽管如此,诗叶井还是在早晨六点到七点之间在密室中遭到杀害。那么,凶手究竟是如何杀死诗叶井的呢?"

"这个嘛,"石川陷入了沉思,"果然凶手应该是五点前进入食堂栋杀人的吧?食堂栋成为'广义密室'的时间是早晨五点到八点,尽管如此,在五点之前是可以进入食堂栋的。凶手可以在五点前将诗叶井叫到食堂栋中杀害。"

"可是我觉得早晨五点之前把人叫出来实在太早了,诗叶井为什么会答应呢?而且就算诗叶井那时已经来到食堂,可是她被杀害的时间至少在一个小时之后,是早晨六点到七点之间。那段时间里,食堂已经成为'广义密室',就会出现凶手无法离开食堂的问题。"

听了我的话,石川无言以对。接下来迷路坂加入了我们的对话,"虽然我不知道凶手是怎么离开食堂的,可是我知道诗叶井为什么早晨五点之前就在食堂。就像我以前说过的那样,诗叶井的房间在西栋,不过食堂栋里也有休息室。诗叶井如果晚上准备食材准备得太晚,有时也会在休息室里睡觉,不会回到自己的房间。"

"你是说,昨天也是这样的情况?"

"对,可能性很大。"

如果是这样,确实可以解释诗叶井在食堂的原因。这样一来,谜题就只剩下凶手离开食堂的方法了。

就在这时,一个意想不到的人物发声了:"啊,难道是这样的?"

说话的人是芬里尔,石川对她的话产生了兴趣,于是问她:"芬里尔小姐,怎么了?"

"不,就是觉得,嗯,"她清了清嗓子,像银制工艺品一样顺滑的头发晃了晃,"我可能知道凶手是谁了。"

…

"这起案子的重点在于早晨五点到八点之间,唯一一扇通往食堂栋的门由葛白他们监视着。"芬里尔说,"所有人无法出入密室。就算凶手在五点前就进入了食堂栋,可是凶手在杀害诗叶井之后,依然无法离开食堂。其实能成功脱身的方法只有一个。这个诡计——可能称不上诡计吧,只要在食堂栋解除'广义密室'模式后离开就好。"

"解除'广义密室'模式后再离开食堂栋?"我问。

"对,在门被监视期间,凶手无法离开密室,不过到了早晨八点,监视就解除了对吧?那时,食堂栋不再是'广义密室',所以从那以后,凶手就可以离开了。凶手一定是躲在食堂的桌子下面之类的地方,趁我们的注意力被尸体吸引,离开食堂回到大堂的。"

确实,当大家看着尸体时,全都背对着食堂的入口。如果是在那段时间里,凶手确实有机会离开食堂栋。

"原来如此。"我说,渐渐明白了芬里尔想说的话,"这样一来,能实施犯罪的人就很有限了。凶手在早晨八点之后才能离开食堂栋，那么早晨八点之前，在食堂栋之外的地点出现过的人都自动解除了嫌疑。"

"你说得没错。"芬里尔点了点头。大家都摆出一副努力回忆的表情，我也在整理思路。这座酒店的客人和工作人员加起来原本有十二个人，其中诗叶井和神崎被杀，社先生已经下山，现在只剩下九个人。其中有谁能证实自己在早晨八点之前不在食堂栋呢？

"首先是我。"我说，我早晨八点之前就在大堂，"然后和我一起玩游戏的夜月、梨梨亚和真似井也被排除了。"

嫌疑人一下子减少了四个人，还剩下五个人。

"我也在大堂。"迷路坂说，"我在给大家送饮料。"

的确没错，那么还剩下四个人。

"我也在大堂。"蜜村说，"我中途加入了大富翁游戏。"

没错，还剩三个人。

"我也在。"石川说。"我也是。"芬里尔也举起手来。我对这两个人的印象很模糊，他们似乎在，又似乎不在。

"嗯，他们两个真的在大堂。"蜜村说，"我有印象。"

"是吗？"

那么，还剩下一个人，剩下的是——

"是探冈先生吗？"我说着环顾四周，然后注意到一件事，"说起来，探冈先生去哪里了？"

我没有看到他，不对，我今天看见过探冈吗？

"我没看到他。"夜月说。"梨梨亚也是。"梨梨亚说。其他人都纷纷表示没有看到他,在场的人今天都没有见过他。

"这就是说,"我看向芬里尔,她点了点头,"只有探冈先生有可能犯下这次罪行。换言之,杀害诗叶井的是探冈先生。"

我不敢相信,可是事实就是如此,那么必须尽早找到他。

"探冈先生的房间在东栋一层。"迷路坂说,"我们去看看吧,说不定他在那里。"

迷路坂带头,石川、芬里尔、真似井依次离开食堂,夜月和蜜村紧随其后,我也跟着大家离开了食堂。走在连接食堂栋和中央栋的二十米长的走廊上,我听见背后传来抽泣声,回头一看,是泪眼婆娑的梨梨亚。

她双手抱着头说:"讨厌,我想回家。"

我也是同样的心情。

…

东栋一层没有铺地毯,而是铺着米黄色的木地板。我们快步踏上光滑的地板,探冈的房间在一层中间。来到他的房门前,我们不由得沉默了,探冈的房门上贴着一张红桃7。

"难道探冈先生也?"夜月疑惑地说。迷路坂转动门把手想要开门,结果听到了锁舌(锁门时从门边滑出的门闩)卡住的声音。

"门上了锁。"迷路坂说,然后用手背敲了几下门,"探冈先生,您在吗?探冈先生。"

"没有回答。"石川说,"他果然已经——"

"怎么办？又要破门吗？"真似井提议。

迷路坂想了想，摇了摇头说："不。从院子绕到窗户旁边吧。这里是一层，说不定透过窗户能看到房间里的情况。"

我们点了点头，所有人再次回到大堂所在的中央栋，然后通过玄关走到室外，穿过积雪的庭院来到探冈房间的窗外。接下来，大家都趴在窗户上向里张望，透过嵌死的窗户看着房间里的样子。

那里倒着一个男人，是探冈，和走廊一样的米黄色地板上有一摊血迹。

…

为了进入房间，我们打破了窗户。拿着拖把把柄一次次敲击玻璃后，玻璃碎了，露出能供人通过的洞，然后我们跨过窗框进入探冈的房间。我和石川一起走近倒在地上的探冈，发现他已经断气了。

探冈的额头被手枪击穿。他穿着睡衣，上衣的扣子掉了一个，可能和凶手扭打过。地板上掉了一颗空弹壳，凶手恐怕用的是自动手枪。因为左轮手枪会自动退弹壳，在现场留下空弹壳的可能性很小。

我点了点头，看着迷路坂问："这个房间的隔音效果怎么样？"

"我听说隔音效果很好。"迷路坂回答，"因为这个房间本来是雪城白夜的影音室，所以我想就算在房间里开枪，枪声也不可能传到外面。"

听了迷路坂的说明，我说了句"原来如此"，这样就没办法根据听到枪声的时间锁定犯罪时间了吧？虽然不知道凶手是否事先知道这间房子隔音好，不过探冈说过这次来是为了接受杂志采访。既然如此，为探冈订房间的人很有可能是杂志社的记者。如果记者是凶手假扮的，很容易故意将探冈安排在这间隔音效果好的房间里，只需要在预约时说"我想预约东栋某某号房"就可以了。

"啊。"

我听到有人发出声音，打断了我的思考，是夜月的声音。她站在液晶电视前，指着电视柜说："钥匙。"

夜月的手指的前方放着一把钥匙。

"是这间房子的钥匙。"迷路坂拿起钥匙说，"上面刻着房间号。"

我点了点头，看着大家说："在夜月靠近电视柜前，有其他人靠近过那里吗？"

大家听了我的问题，都摇了摇头，夜月奇怪地问："你为什么这样问？"

"没什么。"我含糊地回答。我觉得说不定会有人趁着发现尸体时的混乱把钥匙放在了电视柜上。可是如果没有人靠近过电视柜，就可以不用考虑这种可能性了。由此可见，在我们进入房间前，钥匙始终放在那里。

我得出这个结论后，来到房间唯一的出入口，也就是房门前。大家进入房间后，还没有人靠近过房门，可是这扇门确实从里面锁上了。

"是密室吗？"

门上了锁，窗户是嵌死的，无法打开，而且唯一一把钥匙在房间里。

"是完全密室。"芬里尔说，然后她走到门口看着门下，"而且门下面没有缝隙，密室自身的封闭性甚至超过了神崎被杀的第一起杀人案。"

她说得没错，门下面没有缝隙，不能使用从门下将钥匙送回房间的方法。

芬里尔挠了挠银色的头发，看着石川说："石川先生，开始验尸吧，说不定会发现有趣的事情。"

"有趣的事情？"石川疑惑地问。

"嗯，有趣的事情，跟尸体的推测死亡时间有关。"

芬里尔说完，便开始检查探冈的尸体，她验尸结束后就轮到石川了。两人推测出的死亡时间为凌晨两点到三点之间，于是我明白了刚才芬里尔那句意味深长的话中的含义。

"这样啊。"我小声说。夜月听到了我的话，好奇地问："怎么了？"

我对所有人说："诗叶井的推测死亡时间是今天早晨六点到七点之间，如果探冈在两点到三点之间已经死亡，那么他就无法杀死诗叶井。"

"就是说，"夜月说，"杀死诗叶井的另有其人？"

"可是，这样不是很奇怪吗？"梨梨亚歪着头说，"能杀掉诗叶井的人只有探冈吧？如果探冈不是凶手，那么究竟是谁杀了诗叶井呢？"

梨梨亚说得没错。食堂栋是一间巨大的密室，而我们所有人都身处密室之外。

"'广义密室'又复活了啊。"芬里尔开心地说，"而且探冈被害的房间同样是完美的密室。一夜发生两起密室杀人案，真是太好了，我来这间旅馆是来对了。"

因为兴奋，她的皮肤染上了一层红晕，之后她便开始用手机为现场拍照。我情不自禁地抓住了她的胳膊。

"好痛。"芬里尔皱紧眉头。然后在下一个瞬间，我就飞上了天，直到背部摔在地板上，我才明白我被她扔出去了。

…

"香澄，你没事吧？"夜月帮我揉了揉后背。

"扔得真漂亮。"蜜村也在担心我？

把我扔出来的芬里尔别过头哼了一声，看起来完全没有歉意。

我呻吟着从地板上站起身来，试着整理如今的状况。诗叶井和探冈被杀，两个不同的密室状态。其中，我对诗叶井被害的现场有一些想法，于是问了问石川。

"诗叶井的推测死亡时间有没有可能出错？"

因为连接大堂和食堂栋的门被监视，所以诗叶井被害时，现场处于密室状态。如果诗叶井是在门被监视前被害的，那么现场就不是密室状态了。

"刚好我也在思考同样的问题。"石川说，"可是我认为验尸结果没有出错，而且芬里尔和我对死亡时间的推测一致。"

"不过,也有可能两位都出错了。"

石川沉思片刻,耸了耸肩膀说:"那就再检查一次如何?这样一来大家就能接受了,而且我现在也有些不安。"

…

我们所有人回到食堂,再次检查诗叶井的尸体。不一会儿,进行验尸的石川抬起头露出苦笑。

"没有变化,推测死亡时间仍然是今天凌晨六点到七点。"

于是,现场确定是"广义密室"。我皱着眉头呻吟了一声。来到酒店后才三天,已经发生了三起密室杀人案。就算现在社会上密室杀人案件频发,可是这个速度多少有些异常。

"石川先生,能让我也看看诗叶井的尸体吗?"

说话的是迷路坂。石川疑惑地问:"当然可以,可是为什么?"

"没什么,就是有些在意。"迷路坂说完,在尸体旁边蹲下,然后碰了碰诗叶井的尸体,从她上衣口袋里摸出一样东西。

"是西栋的万能钥匙。"迷路坂说。

对了,与神崎和探冈被杀的东栋不同,西栋是有万能钥匙的。

"这把钥匙我来保管。万能钥匙只有一把,丢了就麻烦了。"迷路坂说完,把万能钥匙装进了自己的口袋。她正打算起身,却在中途停住了。

"嗯?"她歪着头说,"有什么东西掉下来了,是信封吗?"

迷路坂看着距离尸体五米左右的桌子下方,那里确实有一个信封,因为掉在桌布的阴影里,之前没有被发现。

我走到桌子旁边，蹲下身子捡起信封。信封外面什么都没有写，里面有一张折好的纸。

我取出那张纸看了一遍，是诗叶井的遗书，她坦白了杀人的罪行。

...

诗叶井的遗书上写着，她是扑克牌连环杀人案的凶手，是她杀死了神崎和探冈。她为自己犯下的罪而后悔，于是选择自杀。这就是大概内容。遗书是用电脑打出来的，不过末尾有署名，是手写的"诗叶井玲子"。

"没错，是诗叶井的字。"迷路坂看过遗书后说，像是陷入混乱一样摇了摇头，"就算是这样，我也无法相信诗叶井是凶手。"

"是啊。"真似井也说，"而且说什么自杀，诗叶井不是被戟上的刺刀刺穿了身体吗？"

"我想这一点没错，"石川耸了耸肩膀，"可是不能说一定是他杀。比如用手拿着靠近柄部刺刀的部分，是可以自己把刺刀刺入身体的，不过柄部很长，应该相当难。"

没错，戟的柄部有两米长，作为用来自杀的锐器实在太长了。为了搬运方便，戟的柄部是可以分开的，就算要自杀，选择短柄的戟显然简单得多。

"可是结果就是自杀吧？"梨梨亚说，"现场是完美的密室，而且还发现了亲笔签名的遗书，如果不是自杀，凶手是如何杀死诗叶井，又是如何准备遗书的呢？"

她的话让现场陷入了沉默。可是不一会儿，迷路坂开口了："可能的确是自杀吧。"

"虽然感觉很不痛快，可是只能这样想了吧。各位，诗叶井给大家添麻烦了。"

迷路坂紧紧握住围裙下摆，向大家深深鞠了一躬。这一次，现场的气氛变得有些沉重。梨梨亚慌慌张张地说："迷、迷路坂不用道歉的。"

这时，有人拉了拉我的上衣下摆，是夜月，她轻轻拽着领口扇了扇，皱起眉头对我说："我说，这间房子是不是有些热？"

听她这样一说，我觉得房间里的温度确实相当高，就像盛夏一样闷热，是暖气太好了吧。

"那个，空调遥控器。"夜月在食堂里四下张望，终于发现了遥控器，急忙走了过去。遥控器在食堂北侧窗边的桌子上。夜月拿起遥控器，不由得"嗯？"了一声。

"设定温度很正常啊，为什么这么热呢？"

…

用来杀害探冈的手枪在诗叶井的房间中被发现了，是自动手枪，没有装消声器。谨慎起见，我们决定将手枪和弹壳分开保管，弹壳由迷路坂保管，不知道为什么，手枪交给了梨梨亚。梨梨亚表示："因为在这个世界上，梨梨亚最信任的人就是梨梨亚自己。"真似井劝她："不，梨梨亚小姐，太危险了，还是交给别人吧。"可是梨梨亚顽固地坚持："梨梨亚在这个世界上最信任的人就是梨梨亚自己。"

　　因为诗叶井自杀,事情已经解决,大家脸上都露出了安心的表情。迷路坂为我们做了简单的早餐,吃完后,大家纷纷回到了各自的房间。我也回到了自己的房间,除了午餐和晚餐时间外,一直在房间里无所事事。不过在洗完澡后,我突然想起一件事,打算去看看探冈的房间。虽然凶手自杀了,案子已经结束,可是依然留下了尚未解决的谜题。扑克牌连环杀人案在五年前发生了三起,包括诗叶井自杀在内,在这座酒店又发生了三起,加起来一共六起。现场发现的扑克牌全都是红桃,数字零零散散,可我觉得这些扑克牌上的数字应该存在某种规律。

　　第一起扑克牌连环杀人案发生在五年前,前警察被杀的现场留下的是一张红桃6。第二起一个中国人被害时,留在现场的是红桃5,第三起案件中黑心企业社长被毒杀时,留在现场的是红桃4,之后,扑克牌连环杀人案暂时停止。

　　接下来,案件在这座酒店中再次发生,神崎被杀时留下了红桃A,诗叶井的自杀现场留下了红桃10,然后,在探冈被害的现场找到的扑克牌是红桃7。诗叶井的遗书中完全没有提到这些数字代表的含义。和这个房间的密室之谜一样,扑克牌之谜尚未解决。是某种暗号,还是被害人之间隐形的联系,或者意味着案件中缺失的一环?

　　我抓了抓头发。

　　再次回到发现探冈尸体的地方查看。尸体已经被搬到了别处,为了避免尸体的损坏,我们把尸体搬到了食堂栋的酒窖里。现在,发现尸体的地方用白色尼龙绳圈出了人形轮廓。探冈倒在墙壁旁，两腿伸向墙壁，脚与墙壁之间只有十五厘米宽，双手伸展，与墙壁平行，摆成了一个"大"字。探冈的腿对着的墙上安装了小夜灯，案件发生时，应该是点亮了的。不过小夜灯的光线很暗，只有站在灯的正下方才能看清书报上的文字。

我还调查了与小夜灯相对的墙壁。上面有弹痕和血迹，就在探冈背后正对的位置。子弹没有穿过墙壁，而是嵌在了里面，应该是贯穿探冈后威力减弱了。

"吓我一跳，你干什么呢？"

我望向声音传来的方向，蜜村站在房间入口。我耸了耸肩膀回答："如你所见，我在调查密室。"

"案子已经解决了。"

"没错，可我还是在意，我这个人只要面前有未解开的谜题就会在意的。"

"什么叫'有未解开的谜题就会在意'啊，一副了不起的样子。"蜜村无奈地说，"那你的人生里不就净是些在意的事情了吗？"

"我觉得这样的人生很精彩。"

"虽然精彩，可是没有收获，因为你遇到的挑战与能力不符。"

她的嘴还是像平时一样毒。我的表情苦涩，然而还是逞强地说："不过没关系，因为我有靠得住的朋友。"

蜜村愣了一下，指着自己的脸说："朋友？"我点了点头回答："对，朋友。"

我对这位朋友说："所以，我希望你能帮帮我，解开这个密室之谜。"

她立刻皱起眉头，不高兴地说："又想把我卷进来吗？"

"说什么卷进来，你已经身在其中了，无论是这起案子，还是暴风雪山庄。"

"说什么暴风雪山庄啊，一副了不起的样子。"蜜村皱着眉头看我，"而且总是要别人帮忙，你难道没有一点靠自己解决的气概吗？"

"不巧，我是那种做习题的时候一旦卡住，就会马上看答案的人。"

"典型的废柴，是我最讨厌的类型。"

"你说这种话，只是因为没有自信吧？没有解开这个密室之谜的自信。"

我看出这句话让她有一瞬间的急躁。她盯着我说："难道你在挑衅我？"

"嗯。"

"你觉得我是每次被挑衅都会上钩的贱女人？"

"嗯。"

"不巧，我已经是大人了，不打算成为每次都上钩的侦探小丑。"

侦探小丑是什么？

蜜村叹了一口气，然后用稳重的语气说："不过一直被认为解不开谜题，我也会生气，所以我接受挑战。"

我说，结果还是接受了啊！这不是完全没有成长嘛！

她不顾我内心的波澜，环顾着房间，然后目光停留在象征探冈尸体的白线上。

"探冈先生的尸体是双腿冲着墙壁的啊？"

"嗯。"

"脚距离墙有十五厘米左右。"

"嗯。"

"空弹壳掉在地板上。"

"没错。"

"并且墙上有小夜灯。"

"小夜灯。"

"发现探冈先生的尸体时，那盏小夜灯是亮着的。也就是说，犯罪发生时，小夜灯已经点亮了。"

蜜村说完，转身朝对面的墙壁走去。她盯着墙壁说："子弹留在了这边的墙上。"

"这是理所当然的吧。"

"是否把这件事当作理所当然，正是解决这次案件的分叉口。"

她挠了挠长长的黑发，然后对我说："我大概知道了，看起来凶手没有用什么了不起的诡计。"

我睁大了眼睛，"你真的已经知道了？"

"嗯。"

"这也太快了吧？"

"对我来说是标准速度，不过对你来说可能是光速吧。"

确实是光速,她是光速侦探小丑①。

"那么,我的想法大概是——"蜜村说完,跪在地板上观察床底下,"啊,果然是这样。"她把手伸进床下的缝隙。

"你看,掉了这个东西。"

她得意扬扬地展示给我的,是一颗挂着线头的小纽扣。

"那颗纽扣是什么?"

"是探冈先生睡衣上的纽扣吧?"蜜村说,"你看,探冈身上的睡衣不是少了一颗纽扣吗?大概就是这一颗。"

"这是探冈先生和凶手扭打时,掉下来滚到了床底下的纽扣吗?"

"是这样吗?"蜜村意味深长地耸了耸肩膀。

我等得不耐烦了,对她说:"那么凶手用了什么样的诡计呢?"

"你想让我告诉你?"她不怀好意地说,嘴角带着浅笑,"不用担心,我现在就告诉你,而且会用到逻辑思维,保证条理分明。"

...

"这次的案发现场留下了很多线索。"蜜村说,"我们将这些线索结合,凶手使用的诡计就会自然出现。"

听着她装模作样的台词,我脑中一团乱麻,用抗议的语气对她说:"你说得再简单点,侦探小丑。"

"谁是侦探小丑?不过算了,我就用智商测试全部答错的葛白也能理解的话来说明吧。"

---

① 光速侦探小丑:"光速"指的是蜜村探案速度很快,"小丑"指的是蜜村有表演型人格。

她若无其事地为我捏造出一段莫须有的黑历史，不过算了。

"那么线索是什么？"

"第一，探冈先生死时腿朝向墙壁，而且脚和墙壁之间的距离只有十五厘米。"

"啊，没错，那么这条线索意味着什么呢？就是说探冈先生是在距离墙壁很近的地方被打中的吧？"

"这个嘛。"

我看向表示尸体位置的白线，觉得没有问题，"这是理所当然的吧。"

"对，是理所当然的事。可是与下一项事实结合的话，就能看到有趣的事情。"

蜜村指着小夜灯正对的墙壁，也就是与探冈双腿朝向相反的墙壁。

"击中探冈先生的子弹嵌入了对面的墙壁里。"她说，"能看出什么？"

我歪着头，老实说，不知道，只能看出子弹射出的方向。

于是我老老实实地告诉了蜜村，结果她给了我一个意料之外的答案。

"没错，能看出子弹的方向。只要知道了这一点，就能发现这个密室中存在很别扭的感觉。"

"很别扭的感觉？"

我环顾整个房间，没有任何别扭的感觉，看来是我的别扭传感器坏掉了。

第三密室（子弹密室）现场

▶ 北

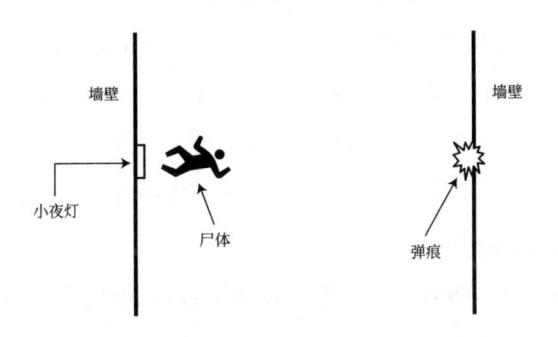

墙壁　　　　　　　　墙壁

小夜灯　　尸体　　　弹痕

"就是这么回事，有没有什么能写字的东西？"

见蜜村四下张望，我从口袋里取出笔记本和笔递给她。蜜村用笔在本子上画了一张简图。

"位置关系是这样的。"

"这图也太简单了吧？"

"我很有绘画天赋吧？"她不知道哪里来的自信，"正常考虑的话就是这样。凶手举着手枪，背对'小夜灯所在的墙壁'击中了探冈先生。子弹穿过探冈先生的身体，嵌入了墙壁中，墙上有子弹留下的痕迹。"

我小声说："这不是理所当然的事情吗？"

"不，一点都不理所当然，因为凶手绝对不可能背对墙壁射杀探冈先生。"

她的话让我产生了强烈的怪异感。绝对不可能？为什么绝对不可能？凶手背对墙壁将手枪对准探冈，然后扣动扳机，明明是这么简单的事情，我不明白为什么做不到。

"就是做不到，要问为什么，"蜜村靠近墙壁，轻轻靠墙，然后摆出举枪的姿势，"这是很基本的道理，背靠墙壁射击别人的时候，射击的人必须站在目标与墙壁之间。"

她将枪口对准了我，然后保持这样的姿势对我说："那么，葛白，你试着靠近我。"

我被"枪"指着，按照蜜村说的那样向她走去，停在距离她大约三步远的地方。

"再近一些，要再走近一些。"

我又走了两步，蜜村说："再近一些。"

我惊讶地看着她："究竟要靠多近才行啊？"

"是啊。"她笑了，"大概要走到距离墙壁十五厘米左右的地方吧。"

胡说什么呢？我想。

靠得那么近会撞到她的，准确来说是会紧紧压上去，人的身体的厚度本来就要大于十五厘米。只要她站在那里，我就不可能靠近到距离墙壁只有十五厘米的地方。

"啊。"我终于明白了蜜村想说什么，"难道是这么回事？"

"对，没错。"她说，"探冈先生倒在了距离墙壁十五厘米的地方。所以如果凶手想要击中他，就必须站在墙壁与探冈先生之间——只有十五厘米的缝隙里。但是那不可能吧？这就意味着凶手不可能背对墙壁射击探冈先生。"

听了她的话，我点了点头。可是与此同时，新的疑问出现了。既然凶手不可能背对墙壁枪杀探冈，那么凶手是如何完成犯罪的呢？

我突然想到一件事。

"难道凶手是从隔壁房间透过墙壁射击的？"

凶手从隔壁房间开枪，子弹射穿墙壁，打进了探冈的脑袋里。这样一来，凶手就不需要钻进墙壁与被害人之间的狭窄缝隙，而是可以站在靠近墙壁的地方射杀被害人。

"可是，"蜜村看着探冈的双腿朝向的墙壁说，"墙上任何一处都没有子弹穿过的痕迹。"

"你这样讲我就没话说了。"

"没话说了吧？"

"可是既然如此，凶手究竟是如何——"

我再次陷入混乱。凶手不可能背靠墙壁射杀探冈，同样不可能穿过墙壁射杀探冈，那不就相当于凶手不可能完成用手枪射杀探冈这件事了吗？

我把想法告诉蜜村，她说："对啊，实际上正是如此吧？就像你说的那样，凶手不可能用手枪杀死探冈先生，所以只能这样想了，凶手没有用手枪杀死探冈先生。"

她的话让我目瞪口呆，因为探冈的头确实被击穿了。

"真的吗？"她笑了，"探冈真的是被手枪射穿了头部吗？就算不使用手枪，也可以让子弹穿过探冈先生的头不是吗？"

我绞尽脑汁思考了很久，终于发现了一件事。

蜜村点了点头。

"能想到的可能性只有一种,子弹走火,贯穿了探冈先生的头。凶手设下的是子弹走火诡计。"

……

"子弹走火诡计?"

我说完,蜜村点了点头,然后竖起食指说:"我觉得方法有很多,比如,凶手不是用过黄磷吗?"

"黄磷?"

"对,黄磷容易与空气发生反应后燃烧,平时会保存在水中对吧?因此可以利用黄磷易燃的性质。比如用湿润的脱脂棉包裹少量黄磷,与干燥剂一起放进一个一厘米见方的塑料袋里。脱脂棉中的水分会逐渐蒸发,黄磷接触空气后燃烧——也就是利用时间差,将黄磷作为引火的火种。接下来,将火种放入弹壳内,时间一到火种燃烧,引燃弹壳内的火药,导致走火。"

我在脑海中想象蜜村口中的特殊装置,不用手枪就能射出的特殊子弹。这就像一种"门顶陷阱",同时可以简明地解开密室之谜。探冈为什么会在成为密室的房间里被射杀?这是因为他自己锁上了房门,在密室状态的房间中被凶手设计的子弹夺去了生命。

我感觉心中的迷雾一下子就消散了。

可是与此同时,她的推理让我不禁有一种不协调感,我觉得其中有无法解释的破绽,于是我问她:"这个诡计真的可行吗?"

蜜村耸了耸肩膀说:"你的意思是?"

我回答：“这是概率问题，探冈是头部中弹的。可是只要是用黄磷制成的限时点火装置，凶手就无法得知子弹射出的准确时间吧？若凶手要想击中探冈的头部，就必须知道子弹射出的准确时间，在确定的时间将探冈引到设置了子弹的墙壁附近。”

然而这种事情绝对不可能，换句话说，蜜村所说的诡计本身不可能实现。

不过蜜村的情绪并没有动摇，只是回了我一句："嗯，是啊，所以一定正好相反。"

"相反？"

"对，相反。凶手不知道子弹射出的准确时间，正因为如此，子弹才射中了探冈的头。"

听了蜜村的话，我皱紧眉头，总觉得很有哲学意味。

"你的意思是？"

"线索是掉在床下的纽扣。"

"掉在床下的纽扣？"

"凶手大概是将子弹藏在了床底下。"蜜村说，"子弹直立在床下的地板上，圆柱形的子弹保持与地板垂直的状态。然后凶手调节包裹黄磷的脱脂棉的含水量，只要子弹在夜里射出，就能穿透床板直接击中躺在床上的探冈的后背。虽然不用手枪无法保证子弹保持直线前进，不过地板与床只有十几厘米的距离，总不会射偏，因此凶手设下的诡计应该是完美的。可是由于出现了意想不到的预估错误，子弹以凶手意想不到的方式夺去了探冈的性命。"

"凶手意想不到的方式？"我疑惑地问。

"对，因为探冈的睡衣扣子掉了。"蜜村把刚才从床底捡起来的扣子递给我看，"夜里，探冈先生大概是因为起夜下了床。这时，解开的睡衣上的扣子掉到了地板上，而且滚到了床底下。探冈先生钻到床底下找扣子，于是他发现了——为了杀掉自己而设置的机关，立在地板上的子弹。"

我想象着当时的景象，探冈一定忘记了扣子，伸手去拿子弹。

"可是当时是晚上，房间里没有开灯。"蜜村说，"虽然小夜灯亮着，不过房间还是一片昏暗。探冈先生应该不太清楚自己捡起来的是什么，只知道是一个像子弹一样的东西，于是他举着子弹来到墙上的小夜灯旁边。可是小夜灯的亮度太低，只有站在灯的正下方才能看清文字，于是探冈先生来到了小夜灯的正下方，距离墙壁十五厘米左右的位置，子弹暴露在小夜灯的灯光下。然而就在这时，不幸的巧合发生了。就在探冈先生举起子弹时，子弹射穿了他的头。"

所以探冈没有在床上被击中，而是在墙边被击中。结果造成凶手使用手枪射杀探冈的假象不成立，给蜜村留下了发现真相的线索。

"按照凶手一开始的计划，空弹壳应该在床底下被发现，看起来就像有人躲在床底下用枪击中了睡梦中的探冈先生的后背。"

可是重重巧合叠在一起，最终改变了结果。

我频频点头，按照蜜村的推理，确实能解释现场留下的所有信息。

我坦率地接受了，可同时又想到了几个新的疑问，于是我打算一个一个解决。

　　首先，我问了她一个我注意到的事情："凶手是什么时候把子弹放在床底下的呢？"

　　蜜村用手撑着下巴说："尽管我不知道准确时间，不过应该是在某个时机骗探冈先生离开了房间吧。可能是昨天晚上，也可能是前天白天。不过从诡计的性质来说，从安装子弹到发射之间的时间越短，诡计越容易实现，因为更容易计算黄磷点燃的时间。由此推断，凶手昨天晚上安装子弹的可能性更大。"

　　我听了她的回答后频频点头。比起"三十小时后发射子弹"，"三小时后发射子弹"应该更容易实现。就像蜜村所说的那样，凶手昨天晚上来到探冈的房间，趁机安装了子弹，这种想法显然更合理。

　　我接受了她的说法，继续询问："关于子弹上留下的线条状痕迹，你是怎么想的？子弹通过手枪的弹道时，膛线会在子弹上留下划痕。按照你说的诡计，杀死探冈先生的子弹没有经过手枪就直接发射了，这样一来子弹上不会留下划痕，事后警察调查时，就会轻而易举地发现子弹不是用手枪射出的啊。"

　　面对我的疑问，蜜村耸了耸肩膀说："这算什么问题啊？"

　　然后她像事先准备好了答案一样流利地回答："这种事根本不成问题吧？凶手用的不是新子弹，而是用过的子弹，弹壳也是用过的，因为雷管部分有扳机碰撞时留下的痕迹。"

　　我情不自禁地说了句"确实如此"，这样解释之后，确实没有任何问题了。这位光速侦探小丑的辩论能力非常强，说不定她不是光速侦探小丑,而是光速辩论小丑。

"可是如果凶手使用这个诡计,留在现场的弹壳里应该有黄磷的痕迹吧?"

"不,警察不会检查弹壳里面吧?"蜜村立刻回答,"只要不是在知道诡计的前提下倒推,警察就不会分析弹壳的化学成分,凶手可能打算事后找机会将留在现场的弹壳换成别的弹壳,换成普通的弹壳。这里是暴风雪山庄,在警察来之前还有很多时间。"

听了她的话,我觉得对凶手来说,弹壳里的黄磷痕迹几乎没有什么风险了。我心下佩服,心中的疑问快要全部消失了,只剩下最后一个,于是我问她:"这是最后的问题,凶手是如何将这颗特殊的子弹带进酒店的呢?这种不知道什么时候会发射的子弹太危险,没办法随身携带吧?"

面对这个问题,蜜村果然还是流利地回答:"所以凶手一定是在酒店里做好这颗子弹的,不是吗?"

"在酒店里?"

"对,进酒店的时候,弹头和弹壳是分开的。这样一来就不需要特意冒着危险随身携带加入了黄磷的子弹,不需要在坐车的时候担心子弹随时会发射。啊,如果凶手真的是诗叶井,本来就没必要带着子弹在外走动,一开始就不需要担心走火。"

我恍然大悟,同时注意到蜜村刚才的话里混入了让我在意的内容。

"你说'如果凶手真的是诗叶井',也就是说,你觉得凶手不是她吗?"

我说完，蜜村露出"糟糕"的表情，似乎说错了话。

她苦着脸继续说："不是这样的吗？如果在暴风雪山庄里凶手自杀了，那他就不是凶手，真凶另有其人。大部分推理小说不都是这样的套路吗？"

确实如此，我想。虽然确实如此——

"可是现场有诗叶井的遗书。"

现场留下了她亲笔签名的遗书，她毫无疑问就是自杀的，这是我的想法，然而——

"那种东西不重要。"蜜村果断地否定了我的想法，"凶手可以打印出一份遗书，然后将有诗叶井亲笔签名的另一张纸——比如她以前写过的信盖在上面，用圆珠笔用力描一遍签名。这样一来，铺在下面的遗书上就有了诗叶井签名的痕迹，接下来再用圆珠笔仔细照着痕迹描一遍就好，于是打印出的遗书上就留下了'诗叶井的亲笔签名'。如果用科学方法仔细分析，或许可以看出那是伪造的签名，不过用肉眼是不可能识破的。"

听着她流畅的解释，我只觉得佩服。如果用这种方法，确实可以伪造签名。可是这就同时意味着诗叶井的自杀是伪装的，凶手还活着，就藏在我们中间。

那么，杀人案还会继续。

"不，肯定不会的。"蜜村否定了我的猜测，"酒店里不会再发生杀人案了。虽然我不知道真凶是谁，不过他（她）已经留下伪造的遗书，把罪行推到诗叶井身上。不会有杀人计划才进行到一半就让别人顶罪的笨蛋，因为这种行为没有任何意义。"

我点了点头，认为她的见解很有道理。

蜜村看着我露出微笑，"差不多该休息了，晚安。"

我一边对着她的背影挥手一边想，她竟然这么轻松就解开了谜题，她果然是被密室宠爱的人，无论是作为侦探，还是作为嫌疑犯。

…

第二天早晨，我被敲门声吵醒，时间还不到七点。我打开门，芬里尔站在门口。

"我昨天把你扔出去了，对不起。"

这是她说的第一句话。我回答说："啊，不用在意。"其实真的很痛。不过被女孩子扔出去的痛并不能影响我这个男子汉，我决定现在就和芬里尔和好。

我挠了挠头说："所以你是特意来跟我道歉的吗？这么早？"

"不，我来找你是为了其他事。"芬里尔说，"我早上去散步，发现了一具尸体。"

她的话让我陷入混乱。

因为蜜村明明说过不会再发生杀人案了，可是我面前的银发少女却用银铃般的声音说："真似井被杀了。当然，是在密室中。"

回想2　三年前·十二月

我走进社团活动室，等得不耐烦的蜜村抬起头，拿起放在长桌上的一沓稿纸。

"这次我试着写了写这个，你觉得怎么样？"

我说了一句"这样啊"，然后也从书包里取出一沓稿纸，和她交换后各自读了起来。

那时，我们在进行一项活动，阅读对方写的短篇小说，然后相互比较。顾问老师听到传言，有人说我们明明是文艺社的，却总是在玩桌游，于是生气地对我们说："你们多做做文艺社该做的活动。"当然，我们并没有总是在玩桌游，也会做些读书之类的文艺社该做的活动，可是顾问一脸严肃地教育我们："如果只是看看书而已，就没必要参加社团活动了，在家或者图书馆看不就好了吗？"我和蜜村只能老老实实地回答"您说得没错"，因此我们顺其自然地开始尝试写小说。等我们注意到的时候，已经沉迷于写小说中了。

蜜村主要写推理，虽然文笔和故事情节很不专业，不过在她的作品中，诡计和逻辑绝对不是外行的水平，我读的时候经常大吃一惊。我每次发出感叹的时候，她都会摆出一副得意忘形的样子。

说到我，则写过各种类型的短篇小说，有推理、科幻、恐怖、奇幻等。其实我只想写推理作品的,遗憾的是素材不够。互相看对方的小说是文艺社的例行公事,每两周举行一次,所以每次都写推理对我来说是不可能完成的任务。仅仅从这一点上,就能看出蜜村的厉害之处。其中既有天赋的成分,能看到她在推理题材上的才华,也有她对推理的热爱。特别是这一次,她给我看的小说是一篇杰作。

我合上稿纸说:"不错嘛。"

蜜村不满地看着我,"你还是一副高高在上的态度。"

"读者就是高高在上的,因为读者是顾客嘛。"

"什么顾客啊,装模作样。"蜜村噘起嘴说。

我瞥了她一眼,又翻了翻稿纸。"不过,这个密室诡计真厉害。"这次我坦率地说出了自己的感想,"就连专业推理作家都不见得能写出来。"

我的赞美让蜜村睁大了眼睛,她不高兴地说:"怎么突然夸起我来了,真恶心。"就连坦率地夸奖都会惹怒她,我究竟该怎么办才好呢?

"不过这篇小说真的很厉害。"我还是继续坦率地夸奖,"这个水平可以送去参加新人奖了吧?比如'这本推理小说了不起!'的短篇奖什么的。"

大概是不好意思了吧,蜜村移开目光,看着窗外说:"'这本推理小说了不起!'的短篇奖水平很高的,每次都有五百份作品参与评审。"

"可是我觉得你可以,这个密室诡计很了不起,出乎我的意料。"

"不是什么了不起的诡计。"她若无其事地说。不是谦虚，她是真的这么认为的，"和我想到的终极密室诡计相比，这根本不算什么。"

我轻轻吸了一口气重复道："终极密室诡计。"这个词听起来像是狂热的推理迷说出来的，不过她会用这种说法还真是少见。硬要分类的话，她应该属于相信"不存在完美的诡计"一派。没想到她这样的人竟然会说出"终极密室诡计"。

我突然对终极诡计产生了兴趣，可是在我问出口之前，她对我说："葛白，如果日本发生了密室杀人案，你觉得会怎么样？"

面对突如其来的问题，我愣了一下，然后马上跟她讲："你不知道吗？日本迄今为止从来没有发生过密室杀人案。"

她耸了耸肩膀说："这种事情我知道，所以是假设嘛。如果发生了会怎么样？明明知道凶手是谁，可就因为现场是密室，那个人不可能犯罪。在这种情况下，你觉得法院会判凶手有罪还是无罪？"

我沉思了很久，可是越想越觉得答案很明确。

"当然是有罪吧。"

"为什么？"

"因为那个人明显就是凶手啊。"

"可是犯罪不可能完成啊。"蜜村说，"比如凶手有完美的不在场证明，那么这个人就会被判无罪吧？因为不可能犯罪。从不可能犯罪的角度来看，密室和不在场证明没有区别。为什么不在场证明可以证明一个人无罪而密室不行呢？完全没道理。"

我陷入了沉思，她对我说："所以啊，葛白，我觉得如果日本发生了密室杀人案，凶手会被判无罪。"

她的话听起来既像一本正经的玩笑，又像语气认真的坦白。我如今依然不知道她的真实想法。

不过就在一周后，蜜村因为杀人的嫌疑被警察逮捕，现场是没有人能够解开的完美密室。

我想起了她曾经说过的"终极密室诡计"。

第二章

双重密室

听说真似井被杀，梨梨亚露出一副快要哭出来的表情追问："芬里尔小姐，这是真的吗？"

"很遗憾。"芬里尔说，"虽然没有直接检查尸体，还不能断言，不过几乎可以确定死亡。"

酒店里的所有人都集中在大堂，是芬里尔把大家叫起来的。我们跟随她的指示走出玄关，从院子走向真似井房间的窗户。既是为了透过窗户观察室内的情况，也是为了破窗进入密室。

"房间果然上了锁吧？"夜月在院子里边走边问。然而芬里尔含糊地摇了摇头。

"对，门确实上了锁，可是还有一个问题。"

"还有一个问题？"

"就算门没有上锁，还有一个原因也让门无法打开。嗯，你看了现场就知道了。来，已经到了。"

我们来到了真似井房间窗户一侧的墙边。真似井的房间在东栋一层，从窗户可以看见房间内部，正如芬里尔所说，真似井倒在房间里。

"真似井！"

梨梨亚悲痛地喊。可是比起她的样子，室内的景象更能吸引我的目光。这是什么？为什么房间里——排列着多米诺骨牌？

"这就是门无法打开的另一个原因。"芬里尔说。我透过窗玻璃看着房间里排列整齐的多米诺骨牌。

真似井倒在房间中央。他的周围有一圈圈成长方形的多米诺骨牌。一列多米诺骨牌一直延伸到门口,几乎要碰到内开的门。假设在这种状态下开门——

"门会撞倒多米诺骨牌。"我说。可是这样一来,一个理所当然的问题出现了。

凶手究竟是如何摆好这些多米诺骨牌的呢?为了摆放多米诺骨牌,凶手必须进入房间。而多米诺骨牌一直摆到了门旁边,可见凶手是在门关上的状态下摆放的。那么,凶手究竟是如何离开房间的呢?门在打开的瞬间就会撞倒摆好的多米诺骨牌,可是如果不开门就无法离开房间。我小声说出了表示这种情况的词:"不完全密室吗?"

门相当于上锁的状态——向内开的门里摆满了多米诺骨牌,情况完全符合法务省发明的这个词。

"总之,我们打碎玻璃进房间吧,"石川说,"说不定他还活着。"

石川尽管嘴上这样说,可是看起来他自己都不相信自己的话。虽然隔着窗户,但无论怎么看,真似井都已经死了。

…

我们打破嵌死的窗户进入室内后发现,真似井确实已经死了,房间的钥匙掉在尸体旁边。根据石川和芬里尔的验尸结果,推测死亡时间为今天凌晨三点到四点之间。梨梨亚一直在哭,夜月在安慰她。

我看了看摆在房间里的多米诺骨牌，酒店大堂应该有多米诺骨牌，和大富翁放在一起。凶手用的就是那副多米诺骨牌吗？

　　为了再次确认多米诺骨牌的摆放方式，我来到了房间的入口处，背靠墙壁观察摆放整齐的多米诺骨牌。

　　多米诺骨牌摆成了方形，正好围住尸体，是一个边长两米左右的正方形，正方形的底边（靠近房间入口的一边）中间，延伸出一条笔直的线，长度大约两米。我看着多米诺骨牌的排列方式，想到了方形放大镜的形状，和煎蛋用的方形平底锅也挺像。放大镜（或者平底锅）的把手部分碰到了内开的房门，只要开门，把手就会撞上房门，推倒多米诺骨牌。

　　我靠近房门，试着拧了拧门把手，听到了锁舌撞击门框的声音。正如刚才芬里尔所说的那样，门不仅被多米诺骨牌挡住，还上了锁。所以，这间密室不仅是不完全密室，还是一个完全密室。

　　我重新看向真似井的尸体，听到了正在验尸的石川和芬里尔的对话。

　　"芬里尔小姐，你是怎么发现尸体的呢？"

　　"我在院子里散步。"芬里尔回答了石川的疑问，"然后碰巧看见真似井先生倒在房间里，我吓了一跳。因为我觉得就算诗叶井的死不是自杀，应该也不会再发生杀人案了。"

　　说起来，蜜村好像也说过类似的话。

　　我看向身旁的蜜村，她立刻移开了目光。我继续盯着她看了一会儿，她终于叹了一口气说："真没办法。嗯，没错，是我彻底猜错了。凶手杀害诗叶井并且伪装成自杀，并不是为了让诗叶井顶罪，而是为了麻痹我们，让我们以为事情已经结束了，然后趁机杀害真似井先生。"

总之，暂时告一段落的杀人戏码又开始了，还是扑克牌连环杀人案。我突然想起一件事，询问石川："石川先生，没有扑克牌吗？"

"扑克牌？啊！"

石川听了我的话后，重新开始检查尸体，然后发现了那个东西，在真似井的上衣内袋里。石川将取出的扑克牌展示给大家。

"有，这次是红桃2。"

虽说真的发现了扑克牌，我依旧一头雾水，看不出数字的规律。

可是站在我身边的蜜村却小声说："原来如此，是这么回事啊。"

她的话让我吃了一惊，大家似乎都吃了一惊。蜜村看着所有人轻轻耸了耸肩膀说："我明白扑克牌数字的规律了。"她挠了挠黑发说，"是诺克斯十诫"。

…

【诺克斯十诫】

一、凶手必须是故事开始时出现过的人。

二、侦探不能用超自然的能力。

三、犯罪现场不能有超过一个的秘密房间或通道。

四、不能使用尚未发明的毒药，或需要进行深奥的科学解释的装置。

五、不准有中国人出现在故事里。

六、侦探不得用偶然事件或直觉来侦破案件。

七、侦探不得成为凶手。

八、侦探不得根据小说中未向读者提示过的线索破案。

九、侦探助手（华生的角色）必须将其判断毫无保留地告诉读者。

十、小说中如果有双胞胎，必须提前告诉读者。

…

"诺克斯十诫？"夜月问。

"是过去的推理作家隆纳德·A.诺克斯制定的，类似于推理小说准则的东西。"我说，"你可以把它当成指南之类的东西——尽管没必要绝对遵守，不过有人认为如果遵守就能写出像样的作品，是模仿了《圣经·旧约》中的摩西十诫。"

顺带一提，摩西十诫的内容是：一、除了我以外，你不可有别的神；二、不可制造偶像；三、不可妄称神的名字；四、当记念安息日，守为圣日；五、当孝敬父母；六、不可杀人；七、不可奸淫；八、不可偷盗；九、不可作假见证陷害人；十、不可贪恋他人的财产。诺克斯是基督教的圣职人员，于是他模仿摩西十诫制定了推理小说的十项规则。

听了我的解释，蜜村点了点头，"对，而且诺克斯十诫都有编号，留在现场的扑克牌上的数字，与诺克斯十诫的编号相符。"

她看着所有人说："下面就让我们一一验证吧。首先是发生在五年前的扑克牌连环杀人案的第一起案子。前警察被杀，现场留下的是红桃6。"

我在脑海中回忆起诺克斯十诫，说了一句"等一下"，然后从口袋里取出笔记本和纸，为了让除我和蜜村之外的人都能明白，我把十诫全都写在了纸上。

"嗯，诺克斯十诫的第六诫是？"夜月从我身后看着纸上的文字。

"'侦探不得用偶然事件或直觉来侦破案件'。"

"对，没错。"蜜村点了点头，"被害的前警察在役时是一位知名警察，运气特别好。比如'碰巧在居酒屋遇到了未破案件的凶手，然后将其逮捕'。"

"这就是说，"芬里尔恍然大悟般地说，"那位前警察是用偶然事件或直觉来侦破案件的吗？"

"对，他的存在本身就暗示了诺克斯十诫的第六诫，符合了某种选择标准，然后凶手在现场留下数字6来暗示世人。"

我点了点头，接受她的推理，最初的杀人案看起来的确符合诺克斯十诫。

确定大家都能接受之后，蜜村继续说："那么就到了下一案。第二起杀人案现场留下的是数字5，被害人是中国人。"

蜜村说完，大家看向了写在纸上的诺克斯十诫。

"这一条很好懂。"夜月说，"'不准有中国人出现在故事里'。"

被害人是"中国人"，暗示了诺克斯十诫的第五诫吗？

那么这一案也符合。接下来呢？

"第三起杀人案中，留在现场的是数字4。被害人被毒杀，使用的是新品种的毒蘑菇。"

"嗯，诺克斯十诫的第四诫是，"石川接过了蜜村的话，"'不能使用尚未发明的毒药，或需要进行深奥的科学解释的装置'。新品种的毒蘑菇在某种意义上也可以说是'未发明的毒药'。因此可以认为这一案同样符合吧？"

"对，可以看到，五年前发生的三起案子全都符合诺克斯十诫。那么这次发生在酒店里的四起杀人案又如何呢？"

蜜村的话让我陷入回忆，想到了四起杀人案中留在现场的扑克牌数字，然后为了让大家都能明白，在写有诺克斯十诫的纸上加上了以下信息：

第一起杀人案（被害人）神崎（扑克牌数字）"A"

第二起杀人案（被害人）诗叶井（扑克牌数字）"10"

第三起杀人案（被害人）探冈（扑克牌数字）"7"

第四起杀人案（被害人）真似井（扑克牌数字）"2"

"比较好懂的是'侦探'探冈先生吧？"夜月说，"暗示了诺克斯十诫中的第七诫，'侦探不得成为凶手'。"

这样一来，探冈也符合规律了。那么剩下的三名被害人呢？

"诗叶井有一个双胞胎妹妹。"迷路坂说，"符合诺克斯十诫的第十诫，'小说中如果有双胞胎，必须提前告诉读者'。"

我想起了第一天在食堂听迷路坂说过的话。诗叶井的双胞胎妹妹好像是农民，会给酒店送来新鲜蔬菜。

那么诗叶井也符合，还剩两个人。

"真似井先生。"梨梨亚揉着哭肿的眼睛说，"以前是占卜师，他不是还给葛白他们做了塔罗牌占卜吗？符合诺克斯十诫的第二诫,'侦探不能用超自然的能力'吧?"

原来如此,我想。但是夜月听了她的话后提出疑问。

"什么是超自然的能力?是指超能力吗?"

"占卜是神谕。"蜜村说,"在推理小说的黎明期,有不少小说用这种方法指出凶手。"

总之,真似井也符合,那么只剩下一个人,神崎。

"诺克斯十诫的第一诫,'凶手必须是故事开始时出现过的人'。"夜月说,她皱起了形状姣好的眉毛,"这一条有些不明白呢,究竟什么是'故事开始时出现过的人'呢?"

不用说,我们当然不是故事中的人。

然而,一直在沉思的芬里尔小声说:"原来如此,是这样啊。"

见大家的视线集中在她身上,她不好意思地说:"诺克斯十诫的第一诫,换句话说就是'故事开始时没有出现的人不能是凶手',而神崎是最后来到雪白馆的人。假设将一连串的杀人案写成小说,神崎在某种意义上就不是'故事开始时出现过的人',暗示了诺克斯十诫的第一诫。"

大家恍然大悟,虽然不是正常的逻辑,不过确实说得通。

这样一来,七起杀人案——五年前发生的三起杀人案和酒店里发生的四起杀人案全都符合诺克斯十诫。

"这就是留在现场的扑克牌的意义。"蜜村说完看向迷路坂,"对了,在此基础上,我有话想问迷路坂。"

被问到的迷路坂不明所以,蜜村向她抛出了问题。

"这座雪白馆里有没有秘密房间或通道?"

众人的视线自然而然地看向写有诺克斯十诫的纸。第三诫——"犯罪现场不能有超过一个的秘密房间或通道"。

这句话意味着,如果有一个秘密房间或通道就可以使用,所以蜜村才会提出这样的问题。可老实说,我觉得这个问题很傻。现实又不是推理小说,怎么会有设下这种机关的建筑。

然而,迷路坂回答:"对,这里有。"

啊,还真的有啊。我想。

…

迷路坂带我们来到食堂,她拿起空调遥控器,用大拇指压住遥控器背面,用力按下。结果遥控器背面的塑料壳滑开,出现了一个新的按钮。我们都叫出了声。

"这是可以打开秘密房间的遥控器。"迷路坂说着指向食堂南侧的墙壁,"那里就是秘密房间的入口。"

她指向的是墙边的餐具架,就在诗叶井尸体旁。架子宽两米左右,没有门,乍一看就像书架,说不定真的是书架。

迷路坂冲着架子按下了遥控器上的按钮。

然后餐具架猛地向右滑开。架子移动了一米左右,露出了里面的空间。看到通向地下的台阶,我们再次叫出了声。

"沿着台阶下去就到了秘密房间。"

迷路坂说完,沿着台阶走下去,传感器感应到有人,灯自动点亮。我们紧随其后,大约走了三十秒,就到了一间秘密房间。

房间的天花板很高,光线昏暗。我们睁大眼睛看着这间仿佛从推理小说中冒出来的秘密房间，立刻就被房间中央的某件物品吸引了。地板上躺着一个人形物体，不，那是——

"尸体？"

夜月听到我的话，肩膀抖了一下。我立刻跑到那个像尸体一样的物体旁边，石川和芬里尔跟在我身后，三个人低头看去。

"死了吧？"石川悠然地说。

"死了。"芬里尔开心地说。

石川和芬里尔这下可完了。我边想边盯着脚边的尸体。那是一个穿西装的男人，无论怎么看他都已经死了，更准确地说，他已经变成干尸了。

我问石川："能看出死亡时间吗？"

"别提这种无理的要求。"石川苦笑着说，"法医大概可以，我可是心脏外科医生，只能看出他死了很久。"

确实是这样啊。我正想着，检查过尸体的芬里尔说："推测死亡时间是四个月以前。"

听了她的话，石川瞪大眼睛，"能看出来吗？真厉害。"

"不，验尸是完全看不出来的。"芬里尔边说边递给我们一个像卡包一样的东西，"这是从尸体的上衣口袋里找到的。"

我们接过卡包检查，发现里面装有驾照。男人的名字叫信川，年龄是三十岁。石川盯着驾照看了许久后，又看着芬里尔说："为什么能从这东西上看出死亡时间？驾照还没有到期，我觉得找不到能判断出他死亡时间的要素。"

"不，其实很简单，我认识他。"

"是吗？"我惊讶地说。

"对，信川跟我和神崎一样，都是'晓之塔'的人。大约在四个月前失踪，所以我判断他或许是在那时被杀的。"

原来如此，我和石川点了点头，这样思考确实比较自然。

这时，其他在外圈看着尸体的人纷纷靠近，蜜村问我："有扑克牌吗？"

"扑克牌？啊。"

我看向尸体，然后心惊胆战地摸了摸尸体的口袋，扑克牌在裤子口袋里。是红桃3，符合诺克斯十诫第三诫，"犯罪现场不能有超过一个的秘密房间或通道"。

"可是凶手为什么要以诺克斯十诫为标准呢？"

石川提出问题后，蜜村对他说："很遗憾，我还不知道关于动机的答案。我觉得是凶手是为了展示自我，又或许仅仅是以此取乐。在如今这个阶段都不好说。"

蜜村说完后看向迷路坂，然后换了个话题："首先，我想问一件事。除了迷路坂之外，还有谁知道这个秘密房间？"

迷路坂微微歪了歪头，思考片刻，然后回答："基本上只有我和诗叶井知道这个秘密房间，不过我听说雪城白夜经常向雪白馆的访客炫耀这个秘密房间。所以或许实际上知道这个房间的人很多，包括从别人口中听说的人，应该有不确定的多数人。"

原来如此，我想。也就是说，如今在酒店里的人中，就算有人知道这个房间的存在也不足为奇。

"对了，你为什么一直没有告诉我们有秘密房间？"

"因为我觉得没必要特意说。"迷路坂回答了蜜村的问题,"我没想到这里竟然有尸体。"

"可是发现诗叶井的尸体时,食堂是密室吧?"我插了一句,"不是应该考虑当时凶手就藏在与食堂相连的这间秘密房间里的可能性吗?"

不知为何,蜜村和迷路坂同时耸了耸肩。

"不,不对哦,葛白。因为凶手藏在密室里的可能性已经被否定了。"

"对,因为不存在外来的凶手。"迷路坂说。

"对,大家发现诗叶井的尸体时,我们所有人都在这里。既然凶手在我们之中,那么如果凶手藏在秘密房间里,现场就不可能聚齐所有人,总会少一个人,所以不用考虑凶手藏在这个房间里的可能性。"

被她们一顿抢白,我的心情有些不悦。蜜村无视了我,继续和迷路坂对话:"不过还有一个问题,这座酒店里还有其他秘密房间和通道吗?"

面对她的问题,迷路坂摇了摇头说:"不,没有了。"

"你为什么能如此断言?"

"因为酒店开业时,有鉴定人员来过了。"

蜜村听了她的话,微微睁大眼睛。

"密室鉴定人员吗?"

迷路坂点了点头。

密室鉴定人员是调查宅邸等建筑物中是否存在秘密通道的专

业人员。如果发生了密室杀人案，警察一定会叫来密室鉴定人员，调查建筑的角角落落。他们会使用超声波或者 X 射线检查，准确度几乎完美。警察在调查密室杀人案时，首先会请密室鉴定人员调查是否存在秘密通道，排除"凶手利用秘密通道离开密室"的情况，这是标准流程。

可是密室鉴定人员进入没有发生刑事案件的民间建筑的情况很少见。迷路坂是这样解释的："毕竟是推理作家的宅邸。要是不能了解里面的构造，会给客人添麻烦的。"

我们接受了她的解释。

"既然如此，接下来让我在意的事情就是，"蜜村说，"究竟是谁，在什么时候把这具尸体搬到这个房间里来的。"

听到她的问题，迷路坂微微抬起手说："啊，关于这件事，两个月前有一位奇怪的客人来访。那位客人戴着大大的太阳镜，甚至看不出是男是女。身高在一米七到一米八之间，不过也有可能穿着内增高伪造身高。那位客人抱着一个大大的旅行箱。"

"你是说是那位客人将尸体藏在这个秘密房间里的？"

"我觉得可能性很大，而且我和诗叶井几乎不会用到这个房间，哪怕尸体两个月前就放在这里了，被发现的概率也很低。"

蜜村陷入沉思，我也学她的样子用手撑住下巴，突然发现距离尸体不远的地方掉了什么东西。我走近捡了起来。

"银币？"

是一枚五百日元大小的银币。不过似乎不是实际流通的钱币，两面都只刻了一个大写字母"M"。

"M。"

是什么呢？我侧了侧头，蜜村在后面看到了我的样子，睁大眼睛说："葛白，那枚银币。"

"你知道吗？"

"你问我知不知道？"

蜜村沉思片刻，似乎在整理思绪。怎么了？这枚硬币是什么不得了的东西吗？

芬里尔来到我们身边说："各位知道密室代理人吗？"

我和夜月面面相觑，夜月摇了摇头，不过我听过这个词。

"就是所谓的杀手吧？接受委托杀人——而且一定是密室杀人。"

"有些不同。"芬里尔说，"密室代理人中既有亲手负责杀人的人，也有仅向委托人提供自己想出的密室诡计的人。而写着'M'的银币就是某位密室代理人喜欢留在现场的记号，他，或者她，本来并不向委托人提供诡计，而是会亲自杀人。既然在现场发现了这枚银币，那么如今雪白馆发生的连环杀人案就很有可能是那位密室代理人犯下的罪行。"

芬里尔说完，用力挠了挠一头银发。

"那个人可以说是密室代理人中最糟糕的人物，自从日本出现密室杀人以后，也就是在这三年里，那个人已经杀害了超过五十个人，而且警察和同业者是这样称呼那个人的。"

银铃般的声音响彻整个房间。

"密室操纵师。"

……

离开秘密房间后,我首先向大家说明了现在的调查进度,也就是告诉大家探冈被杀的密室诡计已经解开了。然而遗憾的是,大家的反应很冷淡。在某种意义上,这也是没办法的事,新出现的第四个密室,以及在那里发现的真似井的尸体,再加上"密室操纵师"的存在。要想挣脱当前一片混乱的情况,只解决一个密室诡计还远远不够。

于是,我为了打破眼前的僵局,拿着摆放在大堂的多米诺骨牌向东栋走去。当然是为了解开真似井被杀的密室——摆放着多米诺骨牌的密室诡计。不过如果在真似井的房间里做实验,摆放在现场的多米诺骨牌就会倒塌。所以实验要在真似井旁边的房间进行。因为房间的布局几乎没有偏差。

出乎意料的是,蜜村也跟来了。她明明一直对解决事情抱有消极态度,此刻却突然有了干劲。

关于这一点,蜜村皱着眉头说:"站在我的立场上,我不想太显眼。可是既然已经足够显眼了,我觉得就无所谓了。比起这些,尽早抓到凶手,好好睡一觉才是最重要的。这几天我睡眠很浅,正发愁呢,只能睡六个小时。"

不,这不是睡得挺好的吗?我想。

到达房间后,我把多米诺骨牌摆成了和犯罪现场一样的形状。蜜村在一旁看着。

多米诺骨牌摆得差不多了,我离开房间,让蜜村在房间里待命。我取出一根铁丝,是从迷路坂那里借来的。我把门打开了一点点,将弯成 L 形的铁丝插进缝隙里,用铁丝一点一点将摆好的多米诺骨牌拉到门旁边。

这次的犯罪现场在东栋一层,和同在东栋的探冈的房间一样,房间的门与地板之间没有缝隙。不仅如此,关上门后甚至连一根线都无法通过。要想在室外移动多米诺骨牌,只能像这样稍稍打开门,把铁丝插进去操作。

大约十分钟后,我擦了擦额头上的汗,对房间里的蜜村说:"怎么样,多米诺骨牌摆好了吗?"

因为打开门就会撞倒摆好的骨牌,所以我在走廊上没办法确认,蜜村的声音从门里面传来:"很遗憾,一团糟。"

"真的?"

"对,多米诺骨牌几乎都倒了。用这个方法办不到吧?"

怎么会?我想,我这十分钟的努力究竟算什么?

我打开门走进房间,向内开的门撞倒了摆好的多米诺骨牌。

我懊恼了一会儿,再次去现场查看,蜜村也跟我一起行动。我们从东栋回到大堂,穿过玄关来到院子里。然后经过院子从打碎的窗户进入真似井的房间。明明只是来到了隔壁房间,却要绕这么大一圈,真麻烦。

我看着真似井房间摆好的多米诺骨牌,围住真似井尸体的正方形骨牌一直延伸到门口,然后就停在门前。第一块多米诺骨牌距离门口只有一厘米左右,只要稍稍打开门就会被撞倒。所以,我的方法——把门开一条缝,用铁丝将骨牌拨到门旁边——似乎行不通。

这时我突然意识到一件事。

"这个房间的地板材质似乎与其他房间不一样。"

"是啊。"蜜村也说,"和其他房间不一样,表面看起来很粗糙。"

其他房间的地板都被打磨得很光滑,而这个房间的地板很粗糙,似乎没有打蜡。用手一摸有湿润的感觉,让人不由自主地联想到梅雨时节的废弃房屋。

"其他房间的地板可能翻新过,换了其他材料。"蜜村说,"然后因为某种原因,只有这个房间没有翻新。"

"某种原因?"

"那种事情我怎么会知道?"蜜村耸了耸肩膀。

我盯着摆在地板上的多米诺骨牌看了一会儿,还是没有头绪,转而去思考其他问题。我用手机为地板上摆放的多米诺骨牌拍了照,然后收起了靠近房门的骨牌。从保存现场的角度来说,我的行为很有问题,不过要是不这样做,门就打不开。

我握住门把手一转,门没开,没错,犯罪现场还有一个大问题,这扇门不仅被多米诺骨牌挡住,而且还上了锁,因此,这间房子不仅是不完全密室,同时还是一间完全密室。

"是一种双重密室啊。"蜜村说。

双重密室原本是指房间有两扇门,而且两扇门都上了锁。我不太清楚,像这次这种一扇门用两种方法堵住的情况,究竟能不能称为双重密室呢?

顺带一提,这间房子的唯一一把钥匙在尸体旁边,而且已经证明了那是真的钥匙,插进锁孔里可以上锁或者开锁。另外,由于东栋没有万能钥匙,所以不考虑使用万能钥匙开门的可能性。

既然如此,凶手是如何制造密室的呢?我看了看门,有了一个重大发现。

"蜜村,"我兴高采烈地对她说,"这个锁舌。"

"锁舌?"

"是不是断了?"

我指着打开的门上突出的锁舌。乍一看它没有任何问题,可是能看到曾经被切断后用胶水黏合的痕迹。这难道不是重要的线索吗?

"嗯,原来如此。"蜜村也兴趣盎然地说,"是凶手切断的吗?"

"只能这样认为了吧。"

凶手一定是在晚上使用某种工具切断了锁舌。当时或许发出了挺大的声音,不过当时住在东栋的,只剩下被害人真似井一人。包括迷路坂在内,所有人都住在西栋,而东栋的声音无论如何都无法传到西栋。

我说出了自己的意见,蜜村也表示同意,然后她急急忙忙地走出房间,留下了一句"你等我一下"。不一会儿,她拿着钳子回来了,用钳子夹住锁舌,使劲儿一撬,利用杠杆的力量撬断了黏合在一起的锁舌。我惊讶地叫了一声。

门锁上的时候,因为锁舌卡在门框里,所以无法打开。若是锁舌不存在呢?那就意味着不转动门把手也可以开门。

凶手一定是将切断的锁舌放进了门框里,然后转动把手让门关上。锁舌上事先涂好了胶水,门关上后,锁舌黏合,看起来就像锁舌"没有被切断"的状态。

这样一来,密室之谜就解开了。为了确定我自己的推理,我转动把手关上了门。就在这时,发生了一件意想不到的事情,门无法顺利关上。我仔细一看,锁舌伸出了五毫米左右,部分伸出的锁舌卡在门框上防止门关上。我靠在门上使劲儿压,门还是关不上。因为门与门框之间没有缝隙,所以就算只有五毫米的偏差,也会成为重要的障碍。这是怎么回事?

锁舌被切断了,确实会变短,可是就算锁舌变短,上锁时也不会产生任何问题。

"很遗憾,葛白。"蜜村同情地说完后,握住了门把手,然后转动把手收起了突出的锁舌。旋钮锁(旋转旋钮的锁)里弹簧的声音响起,锁舌卡住了门。这是怎么回事,我又感叹了一遍。

"就算锁舌变短,也不会对门上锁的功能造成任何影响。"蜜村微微耸了耸肩。

接下来,我用了三十分钟的时间挑战密室之谜,可是蜜村摆出了一副想回去的表情,我只好暂时放弃。我们回到大堂和大家会合,不知为何,大堂里一片喧闹声。

夜月来到我身边说:"你看那里。"她指着大堂里的一张桌子,那里坐着我见过的某个男人,"社先生回来了。"

……

一个破衣烂衫、筋疲力尽的男人坐在桌旁,年龄在四十岁上下。蜜村看着他疑惑地问:"那个人是谁啊?"

这家伙是真的不知道吗？我想。

"是社先生啊，贸易公司的社长，之前就住在酒店里啊。"

"啊，啊啊，是有这么个人。"她有些不好意思地说，看起来是真的忘了，"那个人不是已经下山了吗？就在第二天，发现神崎先生的尸体后。"

没错，应该是这样的。他想要强行下山，我以为他已经遇难惨死了。

"他是刚才回来的。"夜月说，"现在，石川先生和迷路坂正在调查他。"

调查，虽然不好听，不过社先生的对面确实坐着石川和迷路坂，我能听见他们的对话。听起来社先生似乎在下山时走进了森林，果然很快就迷路了。然后他在山里游荡了两天，奇迹般地回到了酒店。

"可是，你为什么硬要下山呢？就连小孩子都知道那样会遇难的吧。"迷路坂平淡地说出辛辣的问题。

社先生用疲惫的声音说："因为我害怕被杀，我有被杀的理由。"

"被杀的理由？"石川问。

社先生讲述了自己的经历。他以前似乎做过和投资有关的诈骗。虽然赚了一大笔钱，不过也结下了仇。

"可是在我来到这座酒店之前，从来没有后悔过。"社先生说，"不仅如此，我几乎将那件事遗忘在记忆的角落里了。可是酒店里死了人，桥被烧断，我们被关在这里，我害怕凶手是为了杀我才烧断桥的。"

社先生坦白罪行后，露出一副释然的表情，似乎是看开了。他有些抱歉地对迷路坂说："抱歉，能给我弄些吃的吗？我这两天几乎什么都没吃。"

"好，如果简单的食物就可以的话，我马上就能准备好。"

社先生和迷路坂起身向食堂走去。蜜村叫住了迷路坂，两人小声说了几句话。蜜村回来后，我问她："你刚才问了什么？"

"关于大门的监控。"她说，"我想知道社先生究竟是不是刚才回来的，因为他有可能早就回来了。"

原来如此，蜜村在考虑社先生是凶手的可能性。如果社先生一直藏在酒店里，确实也有可能成为凶手。

"那么结果如何？"我问。

"社先生是清白的。"蜜村回答，"迷路坂似乎也考虑到了同样的问题，在社先生回来后马上查看了监控，结果发现社先生真的是刚刚回来的。他不可能犯罪。"

蜜村说完，看向放在大堂前台的水壶。"这是什么？"她拿起水壶问。

"啊，那个啊。"夜月说，"刚才迷路坂在酒店的库房里找到的，因为不是酒店的东西，所以还在奇怪它究竟是谁带来的。"

"嗯。"蜜村看着水壶，那是一个三升装的纯白水壶。可能是错觉吧，我感觉它的盖子比通常的水壶更紧。

我拿在手里掂了一下，相当重，似乎不是普通的水壶。

······

　　我在大堂思考密室诡计，蜜村则在我旁边用剪刀和厚纸做些什么。

　　"你在做什么？"

　　"秘密。"

　　她是个秘密主义者。

　　"比起这个，我想整理一下思路，你能听我说说吗？"她一边剪纸一边说。我盯着这个秘密主义者点了点头，我也想整理一下思路。

　　"你想说什么？"

　　"是关于发现诗叶井尸体时的情况。"蜜村说，"有件事我挺在意的，可是我不知道为什么会变成那样。"

　　"在意的事情？"我反而更在意她说话的方式，"算了，那么要从什么地方说起呢？"

　　"既然要说，就从昨天早晨开始，按照时间顺序回顾一遍吧。你是早晨五点左右来到大堂的对吧？能不能告诉我当时的情况？"

　　"嗯。"我点了点头，"早晨五点我来到大堂，夜月、梨梨亚和真似井在，然后说到了真似井很擅长塔罗牌占卜的事。"

　　接下来，我们相互交换了在发现诗叶井尸体前彼此看到和听到的信息，然后又相互确认了在发现探冈尸体前发生的事情。主要是我在说，蜜村则一边做着神秘的工作一边听。当我提到某件事时，她止住了我。

　　她用拿着剪刀的手撑着下巴说："原来如此，是这样啊。"

"什么叫原来如此？"

"你能安静一下吗？我想整理一下思路。"

她说了一句过分的话，而我老实地沉默了，这是一段非常悲哀的时间。

不一会儿，她的手从下巴上移开，然后看着我说："我想确认一件事，发现诗叶井的尸体时，有没有人靠近窗户？"

"你说窗户，是指食堂北侧的窗户吗？"

食堂北侧是一整面落地窗，不过距离诗叶井的尸体有一段距离。如果有人离开尸体旁边靠近窗户，一定会被看到。

所以我回答："我想没有人靠近。"

"那么发现探冈的尸体后，重新回到食堂的时候呢？"

"当时也没有人靠近——不，等一下。"我想起来了。说到这里，当时夜月好像靠近了北侧的窗户，她为了调低空调的温度，去取放在窗户旁边的遥控器。

"也就是说，除了夜月之外，没有人靠近北侧的窗户。"蜜村说完，放下手里的剪刀看着我，"我终于明白了，全部的事情。"

我睁大了眼睛。

"你说明白了？明白什么？密室之谜？还是凶手是谁？"

"都明白了。"她说着，挠了挠长长的黑发，"诗叶井被杀的广义密室和真似井被杀的双重密室，还有完成这一切的密室操纵师的身份，我全都知道了。"

蜜村告诉我："事情已经解决了。"

第四章

密室揭秘

蜜村带我们来到了东栋——真似井被杀现场旁边的房间。正是今天我和蜜村用多米诺骨牌做实验的房间。蜜村首先要在这里重现第四起杀人案——真似井被杀时密室的情况。

"请进来。"蜜村打开内开的房门,将我们带进室内。房间里放着摆到一半的多米诺骨牌。其实摆多米诺骨牌的人是我,只是因为没有收拾好,所以还留在房间里而已。她似乎打算重新利用这些多米诺骨牌。

除了因为在山里迷路而浑身疲惫、正在休息的社先生,其他人都到了。大家的目光自然而然地看向地板上的多米诺骨牌。

房间中央放着一个小熊玩偶,应该是蜜村带来的,是原本放在"雪白馆密室事件"现场的玩偶。这只小熊这回也要扮演尸体的角色。

多米诺骨牌在熊的周围摆成了"匚"形,就像将正方形从中间切成了两半,即已有的多米诺骨牌构成了边长为两米的正方形的左半边,而正方形的右半边并不存在。

蜜村说:"这个密室中重要的是现在不存在的——摆成正方形右半边的多米诺骨牌,以及现在同样不存在的、从正方形底边延伸到门口的多米诺骨牌。如何摆放这些多米诺骨牌,是完成这个密室的关键。"

大家都点头接受她的说法,当然,完成这一步是最困难的。

"那么究竟是怎么做的呢?"石川问。

蜜村拿起房间里准备好的"那个"展示给我们说:"用这个。"

那是她用厚纸做成的，和滑雪板差不多宽的"コ"形纸板，以及同样和滑雪板差不多宽度，长两米的直线纸板。两块纸板的厚度都在一厘米左右，在"コ"形纸板和直线纸板上，都等距离地插着多米诺骨牌。这就是蜜村刚才在大堂做的秘密工作。她将两块纸板摆在地板上，首先将"コ"形纸板放在扮演尸体的小熊右侧，大家都惊讶地叫出了声。"コ"形纸板与摆在小熊左侧的多米诺骨牌连在一起，组成了边长两米的正方形。"コ"形纸板补足了正方形缺少的右半边。

接下来，蜜村将剩下的直线纸板与正方形的底边相接。直线纸板从正方形笔直地延伸到门口。

"怎么样？"她说，"是不是完美地重现了真似井被杀的现场？"

没错，多米诺骨牌从门口摆成一条直线，与变成正方形的其他多米诺骨牌相接——与真似井房间里的密室情况相同。只是现场没有插着多米诺骨牌的两块纸板。

"这又怎么样呢？"梨梨亚说，"虽然确实和现场的情况一致，可是这样一来，凶手就无法离开房间了啊。"

蜜村听了她的话，带着一副理所当然的表情回答："还没有结束。"然后又开始了新的工作。她来到门口，用透明胶带将插着多米诺骨牌的直线纸板与门相连，门和纸板固定在一起，然后她又用透明胶带将直线纸板和"コ"形纸板相连。这样一来，门、直线纸板和"コ"形纸板就连在了一起。

蜜村做完这些之后，一一看过所有人，最后视线停留在夜月身上。

"夜月。"

"啊，是。"

"你能帮我一下吗？"

"又是助手？"

被点名的夜月不情不愿地走上前去，看起来她只想作为观众倾听推理过程。可是蜜村只劝了一句"这项工作只有你能完成"，夜月就立刻握紧拳头说"我知道了"。夜月轻而易举地站在了侦探一边。

"那我要做些什么呢？"助手问侦探。

侦探说："现在请你开门去走廊，然后关上门，就是这样。"

"这真的是只有我才能完成的工作吗？"

助手生出了疑问，可最终还是听话地去了走廊。夜月握住门把手，打开内开的门。一瞬间，大家叫出声来。

"嗯？怎么了？"夜月惊讶地看向脚边。动了，插在厚纸板上的多米诺骨牌动了。因为纸板被透明胶带固定在门上，所以会配合门的开合移动。

难道，我想，难道这个诡计是……

"那么夜月，请你去走廊关上门。"

蜜村说完，夜月战战兢兢地来到走廊，然后轻轻关上门。配合着她关门的动作——

固定在门上的厚纸板也在移动，直线纸板和"コ"形纸板都在移动。从走廊上看，门的合页安装在右侧，开门时，门会以合页为中心向右旋转，关门的时候则向左旋转。刚才夜月开门时，固定在门上的两块纸板向右旋转，与扮演尸体的小熊左边的多米诺骨牌——正方形的左半边暂时拉开了一段距离。可是随着夜月关门的动作，就像视频重放一样，厚纸板向左滑动——与正方形的左半边再次贴合，围在小熊周围的正方形多米诺骨牌复原了。多米诺骨牌从正方形底边延伸到门口，与扮演凶手的夜月离开房间前的状态一致。

"这就是多米诺骨牌密室的诡计。"

听了蜜村的话，大家纷纷发出感叹的声音，可是马上意识到关键的问题完全没有解决。

"插着多米诺骨牌的纸板呢？"芬里尔说，"用厚纸做成的纸板要如何收回？"

蜜村耸了耸肩膀，微微一笑，"不用收。我为了方便使用了厚纸板，其实凶手用的是冰。"

我的思维混乱了一下，然后马上明白了她想说的话。

"你是说冰会融化，插着多米诺骨牌的板子就消失了？"

"对，只要事先用遥控器调高室温，冰就会很快融化。而且作为犯罪现场的真似井的房间里，地板材料比其他房间粗糙。冰融化后变成的水远比其他房间更容易渗入地板。所以地板没有完全干透，而是有一些湿润。"

说起来，现场的地板确实含有水分，我以为那只是湿气，原来是使用诡计后留下的痕迹吗？

可是，我突然想到一个问题。

"可是，这个诡计只能用在那个地板粗糙的房间对吧？"我说，"但是真似井住在那个房间应该只是碰巧。如果真似井住在了

第四密室（多米诺骨牌密室）诡计

北 ◄

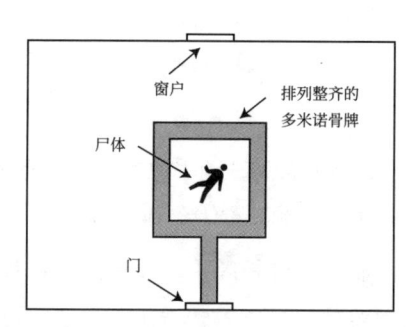

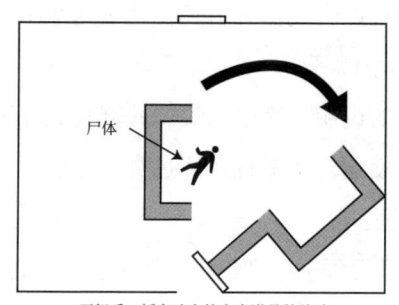

窗户
排列整齐的多米诺骨牌
尸体
门

开门后，插在冰上的多米诺骨牌移动

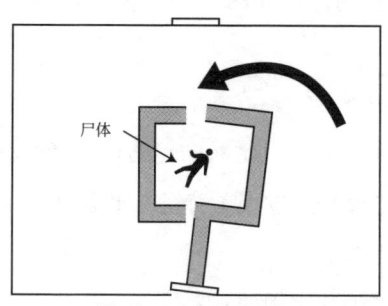

尸体

关门后，多米诺骨牌回到原位

尸体

别的房间，凶手打算如何实施这个诡计呢？"

毕竟如果在地板不那么粗糙的普通房间，冰融化形成的水就会留在地板上，立刻暴露凶手用了冰。

蜜村摇了摇头说："一定是相反的吧？"

"相反？"

"对，相反。"她点了点头，"凶手原本应该打算在室内洒红酒，来掩盖冰块诡计留下的痕迹。这样一来，冰融化后形成的水就会混在红酒里，不再显眼。可是凶手发现房间的地板粗糙，于是认为不需要用红酒掩盖了。就算不特意洒上红酒，也能掩盖冰块诡计留下的痕迹。正因为真似井恰巧住在了这个房间，凶手才结合现实情况调整了诡计。"

我接受了她的说明。简单来说，就算真似井没有住在这个房间，凶手也可以使用这个诡计，不过真似井恰巧住在了最适合使用这个诡计的房间。

到此为止，我已经彻底理解了，那么剩下的谜题就是——

"凶手要如何准备这个诡计需要用到的冰块呢？"我问。长达两米的直线冰块和同样尺寸的"コ"形冰块，冷冻室无法做出这么大的冰块。

蜜村的解答如下。

"凶手用的是液氮。"她看向迷路坂，"就放在大堂，迷路坂今天好像在酒店的库房里发现了奇怪的水壶吧？"

迷路坂点了点头。

"是的，那是做什么用的？"

"那不是水壶，而是装液氮的容器。凶手在水壶里装满液氮带进酒店，行凶后把水壶混在了库房中。"

　　我想起了和蜜村一起发现的水壶，密闭性确实比普通水壶更高，可是我完全想不到它是用来装液氮的。为什么蜜村只看了它一眼就立刻想到了呢？

　　蜜村似乎看出了我的疑问，她解释道："我以前在网上看到过。"

　　"网上？"

　　"对，在网上，在亚马逊搜'液氮''容器'就会出来。我记得当时还在感慨，亚马逊上竟然会卖这种东西。"

　　蜜村说完后，挠了挠黑发，诡计的说明进入了尾声。

　　"冰块的具体制作方法是，首先用厚纸板之类的东西做一个边长两米，没有盖子的长方形纸箱。然后将多米诺骨牌等距离摆好，在箱子里倒满水。浇入液氮把水冻住，直线冰块就完成了。'コ'形冰块也使用同样的方法制作，只需要用'コ'形箱子代替直线形箱子就好。

　　"接下来，连接门与直线冰块，以及连接直线冰块与'コ'形冰块时，同样使用了液氮。比如在连接门与直线冰块时，在门上洒水，然后将直线冰块的一端顶在门上浇液氮，就能牢牢地将二者固定住。

　　"不过，因为强度不够，凶手可能还准备了其他冰块。比如准备一根L形冰块，长边的一端开一个拳头大小的洞，将洞挂在门把手上让冰块垂下，用水和液氮将L形冰块牢牢贴在门上。然后将L形冰块的短边部分与插着多米诺骨牌的直线冰块相连。这样一来，L形冰块就固定在了门把手上，能够增加强度，而且因为增加了冰块与门的接触面积，强度会进一步提高。"

她说到这里，用冰冷的目光看着所有人。

"凶手杀害真似井时使用的'不完全密室'的说明到此结束。可是，这起杀人案中还有一个谜。所以接下来，我要开始说明凶手杀害真似井时使用的'完全密室'诡计。"

…

发现真似井尸体的现场是一种双重密室。门不仅被多米诺骨牌堵住，而且还上了锁。现在，蜜村即将揭开"上锁"的谜题。

"我应该还没有告诉大家，这次的密室有一大特点，那就是门上的锁舌被凶手切断了。这次的密室准确来说或许并不属于法务省规定的'完全密室'，因为'完全密室'指的是现场没有任何需要特殊关注的点，是最典型的密室。而这次的密室中锁舌被切断了，因此并不是严格意义上的'完全密室'，或许应该定义为'准完全密室'。"

"不需要这些麻烦的铺垫啦。"梨梨亚打断了蜜村的说明，"凶手究竟使用了什么样的诡计？"

蜜村被打断后，表情有些不高兴，不过还是收回噘起的嘴说："是非常简洁的诡计。"

"就是说很简单了？"梨梨亚说。

蜜村摇了摇头，"简洁和简单表面相同，实际不同。这个诡计完成度相当高，我把它称为'房门自动上锁诡计'。"

房门自动上锁诡计？

"你、你是说门是自动锁上的？"夜月慌慌张张地问，"就像酒店的自动锁那样？"

"对，差不多。"蜜村点了点头，"我想大家应该知道，真似井的房间不是自动锁，尽管如此，门还是锁上了，自动锁上了。"

怎么可能？

"那么，比起理论，还是让大家看看证据吧。"

蜜村说完来到走廊上，走到了隔壁真似井的房间。她口中的"自动上锁诡计"似乎只能在真正的犯罪现场，也就是真似井的房间重现，因为——

"这就是被切断的锁舌。"蜜村打开门，指着边上冒出的五毫米左右的锁舌说，"这个锁舌是自动上锁诡计的关键。锁舌因为被切断而变短了，可是对上锁功能没有造成任何影响。"

蜜村说完，在锁舌突出的情况下关门，可是突出五毫米长的锁舌卡在门框上关不上，就算使劲儿推，门依然关不上。

"没办法了，那么要怎么做呢？"蜜村耸了耸肩膀，从口袋里取出透明胶带，"我会这样做。"

蜜村说着，把横着的旋钮旋转了二十度左右。开门和关门时，旋钮都要以九十度为单位进行旋转，不过她旋转的角度却只有二十度。但是这二十度却让门边突出的锁舌缩了回去。为什么？

"啊，原来如此。"迷路坂说。

"因为锁舌被切断变短了，所以只需要稍稍旋转旋钮，锁舌就会藏进门里。"

蜜村点了点头。

"对，原本必须旋转九十度才能让锁舌缩回，不过因为锁舌变短，只需要旋转二十度就能彻底藏住锁舌，而旋转了二十度的旋钮可以像这样被透明胶带固定。"

蜜村按照她刚刚说的方法将旋转过的旋钮用胶带轻轻固定。

"接下来只要关门。"蜜村关上了门。因为锁舌全部缩回了门里，门轻易地关上了。

这时她宣布："这样一来，自动上锁诡计的准备工作就完成了。"

我们的头上都冒出了问号。诡计的准备完成了？哪里完成了？

"这怎么就是自动上锁诡计了？"我忍不住问出了口。

于是蜜村耸了耸肩膀说："你看着。只要等一会儿，门就会自动上锁。"

我们头上又一次冒出问号。

我们听话地、老老实实地等在一边，盯着蜜村做的机关——被透明胶带固定的旋钮，暂时没有发生任何变化。一分钟过后，我听见了微弱的声响，似乎是从固定旋钮的透明胶带那里传出来的。

这个声音——

"是透明胶带剥落的声音？"

就在我开口的瞬间，透明胶带一下子剥落，旋转了二十度的旋钮回到了原位，平行于地面。同时，我听到了锁舌弹出的声音，我们叫出了声。

"就像这样。"蜜村转了转门把手，门上响起了锁舌卡住的声音，门打不开，彻底锁上了。

自动上锁。

"这就是自动上锁诡计。"蜜村说。

……

"怎、怎么回事？"看着自动上锁的门，夜月一头雾水地说，"为什么旋钮会自动旋转？"

我和夜月一样一头雾水，明明没有施加任何外力，被拧过的旋钮却回到了原位。我无论如何都想不通其中的原理。

蜜村听到我们的疑问后回答："原理很简单，凶手利用了门锁本来就有的性质。"

门锁本来就有的性质？

"一般来说，这种旋钮锁，"蜜村说，"因为内部有弹簧，所以如果稍稍拧动旋钮，就会利用弹簧的力量复位。就像这样。"

她捏住旋钮转动了二十度，然后放开手，弹簧的声音响起，旋钮回到了原位。蜜村微微耸了耸肩。

"看，旋钮平时总是保持垂直或者水平的方向，对吧？几乎没有出现在中间的角度。大家不觉得神奇吗？为什么旋钮总是能保持标准的横向或者纵向呢？这是因为旋钮锁一开始就有这样的性质，可以说是能准确修正旋钮方向的性质吧。就像我刚才展示的那样，就算稍稍拧动旋钮，也能自动复位。当然，如果门锁内部弹簧老化，或者弹力不如最初状态，旋钮就无法顺利复位，不过幸运的是这个房间的旋钮锁——"

"弹簧的力量比较强。"我说。

我想到了和蜜村一起检查这间房子的时候，她转动旋钮，弹簧发出了清脆的声音。

我说完后，蜜村点了点头。

"如果一开始就不知道旋钮锁的这个性质，就没办法解开这个诡计，但无论是葛白，还是其他各位，在此前的人生中应该都接触过成百上千次旋钮锁了吧？所以无论平时是否意识到，都应该多少了解旋钮锁的这项性质，而且了解的机会有很多，因为我们在日常生活中已经体验过成百上千次了。于是凶手这次利用这个性质完成了密室。"

这就是凶手想到的"房门自动上锁诡计"吗？之后只需要把切断的锁舌放在门框上锁舌应该插入的位置，事先涂好胶水，就可以在上锁之后，让从门上弹出的锁舌与切断的锁舌相撞，黏合在一起。

这样一来，剩下的问题就是——我看向用来固定旋钮的透明胶带，透明胶带还粘在旋钮上。

"这个透明胶带要如何收回？"

"啊，关于这件事，"蜜村回答了我的疑问，"虽然我在还原的时候使用了透明胶带，其实凶手没有使用透明胶带，用的是液氮。拧动旋钮后浇上水，用液氮冻住就能固定旋钮。这样的话，冰会随着时间的流逝逐渐融化，旋钮就会复位，现场并不会留下痕迹，就不需要收回制造密室时使用的道具了。"

她说完后挠了挠黑发。

"这就是真似井被杀的第四密室使用的全部诡计，下面请到

房门自动上锁诡计

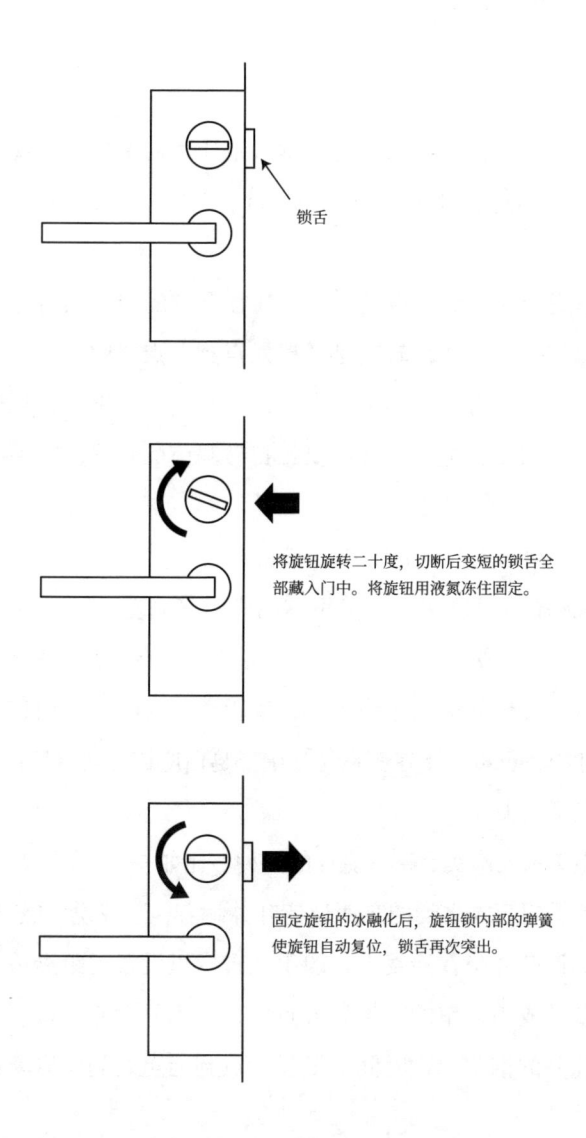

锁舌

将旋钮旋转二十度,切断后变短的锁舌全部藏入门中。将旋钮用液氮冻住固定。

固定旋钮的冰融化后,旋钮锁内部的弹簧使旋钮自动复位,锁舌再次突出。

食堂来。我来为大家说明最后一个密室——诗叶井被杀的'广义密室'中使用的诡计。"

…

我们听从蜜村的指示来到食堂。她让我们聚集在发现诗叶井尸体的南侧墙边,说出了当时的情况:"首先回顾一下密室的情况吧。"

"事发当天早晨五点到八点,通往食堂的门被葛白他们监视着。推测诗叶井的死亡时间是早晨六点到七点之间,当天早晨八点,酒店里的所有人都集中在大堂,没有人能杀害身在食堂栋的诗叶井。该怎么做呢?我认为要想打破眼前的状况,凶手或许使用了远距离杀人的方法。"

"远距离杀人?"我们疑惑地问。

"说到远距离杀人,"芬里尔同样困惑地说,"就是不在场证明诡计中会用到的方法吗?你是说凶手将其用在了密室杀人里?"

"对,我想芬里尔应该了解,远距离杀人既可以用在不在场证明诡计中,也可以用在密室诡计中。葛白应该也知道吧?"

我点了点头。

远距离杀人确实是密室诡计的一种。比如——

"凶手用药物之类的东西让诗叶井睡着,"我说,"然后让失去意识的诗叶井坐在沙发上,凶手在食堂里设置远距离杀人的机关,在食堂成为密室的'早晨五点之前'离开食堂。接下来,凶手在诗叶井的推测死亡时间'早晨六点到七点之间'启动远距离杀人的机关,因为'早晨六点到七点之间',食堂已经成为密室,凶手可以从密室外部杀死身在密室内部的诗叶井。"

这样凶手可以在不进入密室的前提下杀害诗叶井,这样一来就能够重现现场的密室情况。不过要忽略一个巨大的矛盾。

于是我说出了这个矛盾。

"诗叶井的胸口被刺中了五次。"

"没错,我也注意到了这一点。"芬里尔说,"远距离刺杀被害者的诡计有好几种,具有代表性的是在发射刀子的装置上连接定时器,到时间后射出刀子,夺走被害人的性命。这起案子的凶器是戟,所以到时间后,戟会飞向受害人,使用这种方法确实可以让戟刺入诗叶井的胸口。可是这一次,诗叶井的胸口被刺中了五次。相当于刺中诗叶井胸口的戟需要被拔出,然后再次插入,而且不仅重复了一次,凶手将插拔的动作重复了五次。"

芬里尔湛蓝的眼睛看着蜜村。

"所以我在想,用远距离杀人的方法真的有可能刺中被害人的胸口五次吗?"

沉默的食堂中充满了沉重的气氛。

不可能完成,大家都明白。当然,使用大规模的机械机关也许能做到,可是既然现场是密室,大规模的机关一定会在现场留下痕迹。因为直到密室状态解开之前,凶手都无法亲自进入食堂,无法收回用来进行远距离杀人的机关。

蜜村的推理错了——这是我们的想法。可是,蜜村似乎并不这样想,而是在露出冰冷的笑意后耸了耸肩膀。

"可以做到。几乎不会在现场留下痕迹，就能将戟数次插入被害人胸口的方法是存在的。"

她的话让我们目瞪口呆。她竖起食指加了一句："当然，不使用任何道具是无法完成这次的机关的，凶手使用了某种道具。那么，是什么道具呢？线索如今依然在食堂中。"

蜜村突然出题，我们一头雾水，就算说了有道具……

"难道是桌子？"夜月说，"桌布也挺可疑的。"她似乎没什么依据。

最后，我们早早地放弃了推测道具，目光回到蜜村身上。她耸了耸肩膀，指着一个东西回答："凶手使用的道具，就是餐具架。"

我们目瞪口呆。

她指的是距离尸体最近的墙壁上安装的餐具架，餐具架没有任何奇怪之处，距离尸体两米远，沾上了一些喷溅的血液。不，等等——

"这个餐具架其实……"

蜜村点了点头。

"没错，这个餐具架。"她说着从口袋里拿出一台遥控器，对着餐具架按下了按钮。

餐具架突然向右滑动，露出了一片空间，那里是通往地下的台阶。没错，这个餐具架是"秘密房间的入口"，里面是雪白馆唯一一个秘密房间。

"这个秘密房间怎么了？"迷路坂说，"我不觉得它能用在远距离杀人上。"

蜜村点了点头。

"对，秘密房间本身与诡计没有任何关系。凶手用到的只是餐具架。"

"餐具架？"

"对，因为——"

蜜村按下遥控器上的按钮，餐具架猛地滑动，遮住了秘密通道。然后蜜村再次按下按钮，餐具架又猛地滑动。

"这个架子动起来还挺猛的。"蜜村挠了挠黑发说，"所以我想，如果将戟固定在架子上，是不是就可以多次插入被害人的身体呢？"

…

"利用餐具架的滑动刺杀诗叶井吗？"

蜜村听了我的话，点了点头。

"具体来说，"她走到食堂的桌子附近，取出藏在桌布下的一根木棒，是拆下的扫帚把，一端贴着与木棒垂直的纸质小刀，看起来是模仿了被用作凶器的戟的刺刀部分。因为戟的刺刀与长柄垂直，所以形状也几乎一样。

"将它固定在餐具架上。"

蜜村边说边把木棒的尾部插进架子中。因为餐具架是空的，所以空间足够。接下来，她用胶布把木棒牢牢固定在架子上。于是装在木棒上的小刀刀尖像钟表的指针一样朝向侧面。假设有人坐在沙发上，刀尖就会直直地插入那个人的胸口。

"下面在这种状态下打开秘密通道。"蜜村按下遥控器的按钮。

架子猛地滑向一旁。同时，装在木棒上的小刀刀尖向坐在沙发上的人的胸口刺去。

"这样就能刺入了。"蜜村说。然后她又按了一次按钮。这次架子滑回原来的位置，固定好的刀子向反方向返回。"这样就能把刀子拔出来。"

我们目瞪口呆。用这种方法确实可以多次刺中被害人。餐具架位于坐在沙发上的尸体的右侧，架子的宽度有两米。打开秘密通道时，架子的移动距离有一米左右。也就是说，只要将戟的长柄垂直固定在架子上，刺刀刀尖固定在距离被害人胸口一米左右的位置上，就能在打开秘密通道的时候让刀刃刺中被害人的胸口，在通道关闭时拔出刀刃。

而尸体所在的位置距离餐具架大约有两米，戟的长度同样是两米。由此可见，为了实施诡计，尸体被放在了戟上的刺刀能刺中的最合适的位置。另外，尸体深深陷在单人沙发里，就算被猛地刺中数次，姿势也不会改变，更不会从沙发上跌落。

蜜村举起手上的遥控器继续说："一般来说，遥控器是利用红外线发出指令的，就算隔着窗户也能操作。恐怕凶手是在这扇窗户外面，利用遥控器启动了远距离杀人的机关吧。"

蜜村指向了食堂西侧的墙壁，正好位于西南角的窗户。

凶手在被害人的推测死亡时间，早晨六点到七点之间，曾来到这扇窗外，隔着窗户启动了远距离杀人的机关吗？

"这样一来，戟不是依然会固定在餐具架上吗？"指出问题的

雪白馆密室事件现场

北 ▲

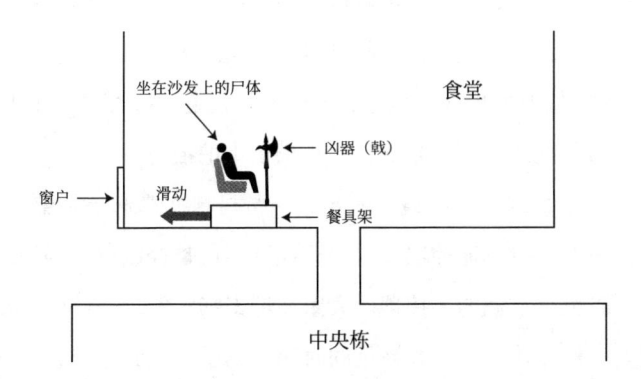

```
         坐在沙发上的尸体
                ↓           凶器（戟）
                              ↓
                                      食堂
   窗户        滑动
                ←           餐具架

                    中央栋
```

人是石川，"可是，诗叶井的尸体被发现时，戟是掉在地板上的吧。"

他说得没错，戟被发现时，是掉在地板上的。虽然末端朝着餐具架，但是并没有固定在架子上。

那么凶手究竟是如何将戟从架子上拔下来的呢？蜜村立刻给出了答案。

"很简单，用液氮固定。"

"液氮？"我问。

"对，今天液氮第三次登场。"

看来凶手似乎有使用液氮的习惯，不过确实挺方便的。

"至于具体要如何使用嘛，"蜜村继续说明，"戟的末端不是挂着一块擦手巾大小的装饰布吗？凶手用水浸湿装饰布，然后用布包住长柄，用液氮冻住。这样一来，装饰布就可以代替胶水将戟固定在架子上了。除了刺刀部分外，戟的全身都是塑料做的仿制品，重量相当轻，用冰就可以牢牢固定住。如果冰太薄，戟就会在机关启动前从架子上脱落，所以凶手必须注意装饰布的含水量。"

听着蜜村的说明，我想到了一件事。说起来，发现尸体时，戟的装饰布是湿的，那就是诡计在现场留下的痕迹。

"接下来，凶手做的最后一步，"蜜村再次举起遥控器，"就是透过窗户按下空调遥控器。这个遥控器不仅是控制秘密通道的遥控器，同时也是空调的遥控器。大家还记得吗？发现尸体时，食堂里像盛夏一样炎热。诗叶井被杀的时间是早晨六点到七点，发现尸体的时间是早晨八点。从事情发生到被发现，最多只过了两个小时，凶手必须在两个小时之内，让将戟固定在架子上的冰融化。"

"凶手调高了空调的温度吗？"

"对，没错。"蜜村说，"而且讽刺的是，正是这一点让我发现了凶手的身份。"

……

"调高空调温度与凶手的身份有关？"

在我说出这句话之后，所有人都露出了惊讶的表情。与此相对，只有蜜村表情平静地说："对，调高空调温度，会让室内像盛夏一样炎热。因此为了降低室温，夜月拿起了放在床边桌子上的空调遥控器。接下来这件事，与凶手的身份有联系。诗叶井被杀害是在早晨六点到七点之间，应该确定遥控器位于食堂外面，否则餐具架将无法移动，无法使用远距离杀人的诡计。另外，在早晨八点之前，食堂都处于密室状态，所以凶手无法将用过的遥控器送回食堂，凶手将遥控器送回食堂的时间最早也是在密室状态解除的早晨八点之后。接下来，在夜月用遥控器调低空调温度时，也就是我们发现诗叶井的尸体，前往探冈的房间后再次回到食堂时，遥控器已经放在了食堂窗边的桌子上。"

"由此可知，凶手将遥控器送回食堂是在发现诗叶井的尸体之后，到我们再次回到食堂之间。"

"对，就是这样。"蜜村点了点头，"只有凶手可以完成这件事，即能够将遥控器送回食堂的人就是凶手。"

能够将遥控器送回食堂的人是凶手？

"可是我觉得谁都可以把遥控器送回食堂啊。"迷路坂说完，蜜村摇了摇头。

"不，没这回事。遥控器放在食堂北侧窗边的桌子上，如果有人离开尸体靠近窗边，一定会有人注意到。从发现尸体到所有人离开尸体，也就是大家离开食堂前往探冈先生的房间之前，没有人能将遥控器送回食堂。"

对了，我和蜜村之前好像说过这些事情。她很在意是不是可以在不引起任何人注意的情况下靠近窗边。原来当时我们的对话与她现在说的内容有关啊。

那么——

"这就是说，我们重新回到食堂的时候同样如此。"我说，"同样处于只要有人靠近窗边就一定会被发现的情况。而最先靠近窗边的人是夜月，当时遥控器已经放在桌子上了。遥控器在我们回到食堂时，已经回到了食堂里。"

"对，就是这样。"蜜村说完，挠了挠黑发，"凶手将遥控器送回食堂的时间只有一种可能，一是大家离开食堂去探冈先生的房间之后，二是大家再次回到食堂，就在这两个时间点之间。"

在上述两个时间点之间，凶手在无人知晓的情况下回到了食堂？

可是很奇怪，因为在那段时间里——

"我们所有人都是一起行动的啊。"

因为大家一起去了探冈的房间，一起回到了食堂。如果有人不知不觉地回到食堂，一定会有人看到。

面对我的问题，蜜村点了点头。

"嗯，没错。可是能送回遥控器的时间只有一个。很简单，只要在所有人都离开食堂去探冈的房间，食堂里空无一人时把遥控器送回去就好。所以，凶手就是最后离开食堂的人。"

最后离开食堂的人是凶手？

"而且，葛白还记得每个人是什么时候离开食堂的。"蜜村说，"按照他的说法，首先是迷路坂带头，石川先生、芬里尔小姐、真似井先生紧随其后。接下来是夜月和我，后面是葛白，他是倒数第二个离开食堂的人。这就意味着，在他之后离开食堂的人就是凶手。"

听了她的话，我再次回忆起当时的情景。我确实是倒数第二个离开食堂的人，走过了连接食堂栋和中央栋之间二十米长的走廊。然后我正在走廊上走着，听到身后传来的叹息声。我回头看到了那个人。

"凶手就是你。"蜜村冷冷地说，"梨梨亚小姐，你就是'密室操纵师'。"

……

梨梨亚嘴角浮起一丝笑容，然后马上用慌张的表情掩饰。

"等一下，梨梨亚不太明白。"梨梨亚说，"梨梨亚为什么会变成凶手？怎么可能。"

"可是，梨梨亚小姐，只有你能够把遥控器送回食堂。"蜜村说，"这就意味着只有你能够完成利用餐具架进行远距离杀人的诡计。你还记得吗？发现诗叶井的尸体时，尽管食堂里像盛夏一样炎热，可是空调的设定温度却是合理的。显然有人用遥控器降过室温。正常来想，只有凶手才会调节杀人现场的室温吧？而且食堂在早晨五点到八点之间是密室，没有人能够进出。假设凶手没在五点到八点之间隔着窗户调低室温，那么调低空调温度的时间就要在食堂成为密室的五点之前。这就无法解释为什么在早晨八点时，食堂还像盛夏一样炎热，温度至少应该下降了一些才对。所以在早晨五点到早晨八点之间，遥控器应该在食堂外，凶手可能是在窗外调低了空调温度，或者在密室状态解除后，将遥控器送回食堂时调低了温度。无论是哪种情况，能做到这一点的都只有能将遥控器带出食堂的人。而能将带出食堂的遥控器送回去的人只有梨梨亚小姐。假设梨梨亚小姐不是凶手，你为什么要把遥控器带出食堂呢?"

"这个嘛——"面对这个问题,梨梨亚停顿了一下,不过还是轻轻摇了摇头,露出一副释然的表情。

"不,算了吧,在四个密室诡计都被解开时,我就已经输定了。费尽口舌辩解,完全不符合梨梨亚追求的美感。"

她的语气听起来毫不在意,她说:"没错,梨梨亚就是'密室操纵师'。"

这句坦白让现场一片寂静,我带着不敢相信的心情问:"梨梨亚小姐,你真的是凶手吗?"

"对,美少女杀人魔,很萌吧。"梨梨亚露出愉快的笑容,然后又懊悔地挠了挠头,"啊,不过,我真的犯了个低级错误。为了完成'广义密室',我特意叫醒真似井封锁了大堂的门,结果完全是白费功夫。因为遥控器本来是放在窗边的桌子上的,所以我当时觉得放回原位是最自然的。"

梨梨亚滔滔不绝,我脑子很乱,好不容易才说出了一句老套的台词:"你为什么要这样做?"

"你问我为什么,当然是因为工作。梨梨亚家世世代代都是杀手,是不是像在开玩笑?可是很遗憾,这是真的。爸爸和妈妈都是暗杀者,姐姐也在做杀手中介的业务,这次的工作就是从姐姐那里接的。"她冲我露出一个残酷的微笑,轻声细语地说,"委托人好像是集体自杀的幸存者,是个年轻女人。女人和在网上遇到的人在废屋相聚,七个人相互说出了自己的身世,结果她发现每个人都有一个憎恨到想要杀死的对象,聚集在那里的七个人都有哦。于是幸存者委托杀手把他们憎恨的七个人全部杀掉。反正要死了,大概胆子也因此变大了吧。不过梨梨亚觉得既然如此,不如亲手去杀啊。"

……

坐在梨梨亚对面的女人从口袋里取出那样东西。虽说是对面,不过因为梨梨亚带着从小摊上买到的猫咪面具,所以女人没有发现梨梨亚就是女演员长谷见梨梨亚。

女人取出的是扑克牌。梨梨亚接过后立刻意识到了这副扑克牌意味着什么。

"这是……"梨梨亚说。

"没错。"女人点点头开始讲述。

"这东西属于一起相约自杀的七个人中的一个。他是个年轻男人,虽然我不知道他的准确年龄,不过看上去还是个少年。少年的父亲在五年前去世,他从父亲的遗物中找到了这副扑克牌。"

带着猫咪面具的梨梨亚歪着头问:"也就是说,他的父亲是扑克牌连环杀人事件的凶手?"

"对,少年是这样解释的。"女人说,"在那之后,少年开始调查那起案件,结果在调查过程中发现,不知道是巧合还是故意,他父亲犯下的案子都符合十诫。那个少年一定很聪明吧,他在和我们讲述的过程中,又注意到了一件事。我们七个人都有憎恨到想要杀死的人——而那些人也全都符合十诫。足够出人意料吧?我们憎恨七个人,七个人又全都符合。"

女人的眼睛闪闪发光，又无限疯狂。

"于是我们自然而然地提到了以十诫为标准，杀死七个人的计划。我们给每个人准备了一杯有毒的饮品，但是其中一杯放的不是毒药，而是安眠药。你明白这是什么意思吗？"女人得意扬扬地说，"意味着只有一个人能活下来。"

是这么回事。梨梨亚想。

女人轻轻耸了耸肩膀说："真是的，事情麻烦了。我本来打算和大家一起和和睦睦地死掉，结果现在却在这种生意萧条的店里喝咖啡。"

"这不是挺好的吗？"梨梨亚说，"生命很宝贵啊。"

女人抿嘴一笑："你竟然会说这种话？"

梨梨亚喝了一口咖啡，咖啡很难喝，虽然是自己泡的，看来梨梨亚似乎没有泡咖啡的才能啊。

更准确地说，梨梨亚只擅长一件事。

制造密室。

"总之，我活下来了。"女人说，"所以来见你了。"

女人指着梨梨亚的脸。

"来见你，密室操纵师。"

…

听了梨梨亚的话，让我觉得不对劲的是人数。这次事件中，算上在秘密房间中发现的死者，梨梨亚杀掉的一共有五个人，而女人委托梨梨亚杀掉的是七个人，现在还差两个人。难道梨梨亚的杀人计划还没有结束吗？"

"不，杀人已经结束了。"梨梨亚摇了摇头，"应该说是碰巧吧。梨梨亚本来打算再杀两个人的，连密室诡计都准备好了，可是没有必要了。你知道为什么吗？因为他们已经死了，在到达酒店之前。"

她的话让我陷入混乱。在到达酒店前死了，究竟是什么意思？

不过有的人仅仅听了她的解释就明白了。没想到这个人竟然是迷路坂。她疑惑地问："难道是交通事故吗？"

她的话让我想起来了，是来到酒店的第一天晚上在大堂看到的新闻，交通事故的新闻。迷路坂说原本应该来酒店的两名客人在事故中死亡了。

"嗯，没错，他们在那次事故中死掉了。"梨梨亚耸了耸肩膀，"出乎意料，竟然会发生这种事情。所以事实上，以诺克斯十诫为标准的杀人构想从第一步开始就出现了破绽。没错吧？在梨梨亚叫来酒店的目标人物中，有两个在到达之前就死掉了，老实说这真是令人绝望的状况啊。虽然梨梨亚想做些什么来让他们凑个数，不过事情落幕后还是剩下了两张牌，实在不好看啊。"

听完梨梨亚的说明，芬里尔小心翼翼地举起手，带着微妙的表情说："那个，我有个疑问。你刚才说的话从一开始就很奇怪吧？那名女性委托人不是说七个目标全都符合诺克斯十诫吗？可是侦探探冈先生和有双胞胎妹妹的诗叶井暂且不提，最后来到酒店的神崎和尸体在秘密房间被发现的信川呢？他们之所以符合十诫，是梨梨亚故意设计的吧？女性委托人在委托梨梨亚杀人的时候，就已经提前告知神崎和信川也符合十诫了吗？这明显不自然吧。"

"嗯，梨梨亚也觉得奇怪。"梨梨亚也点了点头，"虽然梨梨亚做了各种调整，保证神崎最后到达酒店。不过老实说，梨梨亚其实不太明白，究竟为什么必须要做这种事情。可是女性委托人坚持以十诫为标准杀人，她扬言以十诫为标准杀人，是为了告发他们的罪行，说他们是因为打破十诫，受到了制裁。"

"制裁吗……"蜜村小声说。

"相当有冲击力的发言啊。"石川苦笑着说，"她说制裁，是因为和参与集体自杀的成员——七名成员每个人心中的憎恨有关吧？他们的憎恨与诺克斯十诫密切相关。"

"老实说这一点梨梨亚也不清楚，委托人不会说出动机，只告诉了梨梨亚每个人身边要留下什么牌。"梨梨亚露出自嘲的笑容，"梨梨亚知道的，只有杀害真似井的动机。之前梨梨亚和葛白说过，真似井是个偶像宅，听说那家伙以前曾经跟踪过某个偶像团体的成员。结果那个偶像为了摆脱真似井的纠缠，在逃跑的过程中被车撞死了。如果这个传言是真的，就会成为有人憎恨真似井，甚至希望他死的理由。"

梨梨亚口中的传言让蜜村睁大了眼睛，然后她用想要确认什么事情的语气说："真似井是偶像宅？"

接下来，她睁大了眼睛，仿佛大吃一惊，马上又咬牙切齿地用懊悔隐去了惊讶的表情。

"我真笨，我犯了一个不得了的错误。"她的声音中难得有了感情，"这不是以诺克斯十诫为标准的案件。"

听了她的话,所有人都看向她。

"什么意思?"夜月说,"女性委托人不是对梨梨亚说了,要以诺克斯十诫为标准杀人吗?"

"不,她没有说。"蜜村回答,"她没说过要以诺克斯十诫为标准杀人这种话。"

"可是。"

"对,她确实说了十诫,但是我可以断言,女性委托人虽然说了'以十诫为标准',但是从来没有说过'要以诺克斯十诫为标准',因为她口中的十诫并不是诺克斯十诫。"

夜月问:"是另一个十诫?"

"对。"蜜村挠了挠头发。

"是摩西十诫。"

......

【摩西十诫】

一、除了我以外,你不可有别的神。

二、不可制造偶像。

三、不可妄称神的名字。

四、当记念安息日,守为圣日。

五、当孝敬父母。

六、不可杀人。

七、不可奸淫。

八、不可偷盗。

九、不可作假见证陷害人。

十、不可贪恋他人的财产。

…

我小声说出了摩西十诫后,蜜村制止了我,从口袋中取出笔记本,写下了她背下的摩西十诫。大家纷纷上前查看。

看到大家的样子后,蜜村说:"那么,让我们重新回顾一下此前的案件吧。"

"首先是发生在五年前的第一起杀人案——留在现场的扑克牌数字是6。身为被害人的前警察因为开车走神引发死亡事故,符合摩西十诫的第六诫,'不可杀人'。"

"接下来,留在第二起案件现场的数字是5。被害人是一名中国男性,看不起学历低的父亲。符合十诫中的第五诫,'当孝敬父母'。"

"然后是第三起杀人案。留在现场的数字是4,被杀害的是强迫员工过劳的黑心企业社长,对应的是十诫中的第四诫,'当记念安息日,守为圣日'。安息日是周日,被害人因为强迫员工劳动而打破了这一点。"

我们看着写在笔记本上的摩西十诫,到现在为止,确实都合乎逻辑。

"接下来是第四起杀人案,在这座酒店中发生的,神崎被杀害的案件。"蜜村说,"留在现场的扑克牌是A,也就是1。而摩西十诫的第一诫是'除了我以外,你不可有别的神',这里所说的神是基督教的神，所以信仰其他宗教'晓之塔'的神父神崎违反了第一诫。"

"而第五起杀人案的被害人是诗叶井，留下的数字是10，暗示的十诫是'不可贪恋他人的财产'。之前我听葛白说过，诗叶井之所以能得到这座酒店是因为她曾与有钱人结婚，获得了一大笔财产。从某种意义上来说就是'贪恋他人的财产'。

"然后在第六起杀人案中被杀害的是探冈，扑克牌的数字是7，对应十诫中的'不可奸淫'。探冈自己曾经因为婚外恋被八卦小报报道，符合这一条。至于真似井被杀的第七起杀人案——"

"留下的扑克牌数字是2，在十诫中是'不可制造偶像'。"石川说，"可是这一点我不太明白，虽然我听说真似井先生以前是占卜师，不过他曾经制作或者贩卖过神像吗？"

听了他的话，我看着写在笔记本上的摩西十诫第二诫。"不可制造偶像"的意思应该是"不可崇拜偶像"，可我不明白真似井为什么会符合这一条。

只听蜜村说："翻译成英语你就明白了。英语中的偶像是idol。"

英国人芬里尔叫出了声："啊，确实是这样。"

也就是说——

"真似井是偶像宅，会崇拜偶像，所以他违反了摩西十诫中的第二诫。而且真似井似乎也是因为跟踪偶像才被杀害的。考虑到这一点，认为真似井是因为偶像崇拜而被杀害就顺理成章了。"

八起案件中有七起符合摩西十诫，剩下的最后一起是在秘密房间中发现的，变成木乃伊的尸体。

"这很简单。"蜜村说,"留在现场的扑克牌数字是3,指的是十诫中的'不可妄称神的名字',而被害人信川是'晓之塔'的信徒。虽然十诫中的'神'指的是基督教的上帝,不过按照广义的理解,也可以认为信川违反了这一条。"

于是所有留在现场的数字都和摩西十诫联系在了一起。

"不过我没想到,"我小声说,"竟然会有这种事啊。"

没想到以诺克斯十诫为标准选择的被害人们,竟然同时符合摩西十诫。

"就是,真没想到。"蜜村叹了口气,"所有案件的元凶就是这个啊。五年前被杀的三个人和这次的一部分被害人,碰巧同时符合诺克斯十诫和摩西十诫啊,简直就是神的恶作剧。而梨梨亚因为这个恶作剧,产生了不得了的误会。"

蜜村耸了耸肩。

"刚才梨梨亚不是说两个目标死于交通事故,所以计划出现了漏洞吗?但事实并非如此,这个杀人计划从一开始就存在漏洞。梨梨亚,从你听到委托人的话开始。"

蜜村盯着梨梨亚,同情地眯起眼睛。

"很遗憾,马虎的杀人魔小姐。你要是多动动脑子,多确认各种信息就好了。"

梨梨亚睁大了眼睛,原本自信满满的她因为羞耻而满脸通红。

…

就这样,雪白馆连环杀人案落幕了。四起密室杀人案件都别出心裁，让"我"非常享受，只是这些都不过是"我"将要进行的杀人事件的热场。

"我"当真吃了一惊，没想到在"我"自诩完成了完美的杀人计划之后，竟会被人横插一腿，让"我"只能等到事情全部解决，幸好事情顺利解决了。

那么，接下来即将进入正题。

"我"要开始实施杀人诡计，当然，是密室杀人，而且那将会成为前所未有的完美密室。

等大家都睡下后，"我"离开房间，走向可恨的，应该被杀掉的人身边。

就让你们看看吧——"我"即将完成的。

真正的密室诡计。

回想3　一年前・七月

　　今天是休息日，上高一的我在努力打工，虽说是打工，其实是不合法的，没有得到国家的认可。具体来说就是陪夜月买东西，然后拿到两千日元的报酬。我们在各家商店进进出出，转了将近五个小时。算作时薪的话只有四百日元，似乎并没有遵守劳动基本法。

　　购物结束后我们走出店门，夜月挺起胸膛说："今天谢谢你，作为谢礼，姐姐请你吃晚饭。"然后她不好意思地笑了。

　　太阳已经落山，被夹在大楼中间的马路被晚霞染红。在夕阳的红光下，她染成褐色的头发闪烁着像金丝一样鲜艳的光彩。

　　"寿司不错。"我说，"晚饭。"

　　夜月表情微妙，语重心长地说："寿司太贵了，不行。"

　　"回转寿司也可以啊。"

　　"那也不行。香澄，你总是能吃掉二十盘吧？你还是个孩子，所以不够清楚，二十盘寿司也要花掉上千日元呢。"

　　既然她这样说，我只能默默嘟囔一句。没办法，我放弃了寿司，说出了第二候补。

　　"那就吃汉堡肉。"

　　"不错，经济实惠，加芝士的可以吗？"

我点了点头,和夜月一起走向家庭餐厅。我双手提着装有衣服和毛绒玩偶的纸袋穿过人群,突然,一位黑色长发的少女从我身边走过。我情不自禁地扔出了双手抱着的纸袋。

"香澄?"夜月惊讶地叫道。

可我并没有听到她的声音,等我回过神来时,已经冲了出去,追在那名少女身后。拥挤的人流阻碍了我,我焦虑不安地前进,我一定没有看错,那是——那个背影,一定是她。

人影消失在一条小路里,我也跟了进去。夕阳洒进小路,那个鲜红的世界如梦境中一样美丽。

我看着眼前绯色如画,蜜村漆璃站在其中,她比我认识的那个初二少女稍稍成熟了一些。

"好久不见,葛白。"她说。

"嗯,好久不见。"我回答,调整好因为穿过人流而变得急促的呼吸,"真的好久不见了。"

蜜村嘴角浮现出一丝微笑。

"抱歉,我这边事情比较多,不过我应该至少联系你一下的。如果我联系你,你会来见我吗?"

当然,我想回答,可不知为何哽住了。我真的想见她,有好多话想要跟她说,然而我真正想说的其实只有一件事。这份内疚让我犹豫了,但并没有掩饰我真正想问的事情。那就是——

等我回过神来,已经下意识地问出了口,我的意识离我而去,仿佛语言自己产生了意志,拥有了人格。

"你,真的杀了人吗?"

蜜村睁大了眼睛，仿佛受到了打击。我立刻后悔了，这是背叛她的话，我本该相信她的，可我却告诉她我不信任她。

可这确确实实是我真正的想法。我想知道，想问究竟什么是真实的。她不可能带着那么大的"秘密"，与我恢复以前的关系。

蜜村沉默片刻，似乎在思考我的问题。终于，她露出微笑，非常开朗，是她平时不会展现的灿烂笑容。

"嗯，是啊。"她在晚霞中说，"我杀了父亲。"

…

当我回过神来时，蜜村已经离开了小路。太阳落山，周围一片黑暗，她的身影仿佛融化在黑暗中，就像夏日的幻影。可她确实曾经在这里。

"我杀了父亲。"

她的话留在我耳边。

在此之前，我一直隐约觉得她不是凶手，真凶另有其人——这种可能性虽小，但依然存在，而她刚才的话也很可能只是在捉弄我。

尽管如此，我依然神奇地确信，通过刚才与蜜村的邂逅，哪怕这是愚蠢的，我依然确信。

她真的杀了人。

…

从那天起，我开始收集与蜜村的案件有关的书籍，日复一日地阅读。我一次次地回忆犯罪现场的情况，思考该如何重现密室。我一边回忆记忆中的蜜村，一边在脑海中搜寻她的想法和喜好。

　　我对案件的执着探寻持续了一年，现在已经放弃了，也不再调查。不过只要闭上眼睛，我依然能立刻回忆起现场的情况。

第五章

真正意义上的完美密室

社先生已经看开了，勉强下山后，在冬日森林里迷路的两天中，他彻底舍弃了心中多余的情感，舍弃了一切欲望和对生存的执着。说到底，社先生就是个骗子，被很多人怨恨，所以他现在已经能够平静地接受这一天的到来。

社先生的意识逐渐模糊，他抬头看着对方。社先生是仰面倒在地板上的，胸口插着一把刀，就算想要呼救也叫不出声。可神奇的是，他的情绪很稳定，甚至认为疼痛和喘不上气的痛苦都是对自己的惩罚。

不过只有一件事，社先生非常想问，他努力发出声音询问捅了自己的人。自己为什么会被杀，他只想知道原因。是哪个被自己伤害的人，是什么样的因果报应，如何回到了自己身上。

可是对方回答："我对你有恨，不过那种东西不重要。"

如果非要说出一个动机——

"因为我想制造密室。"

这算什么？社先生想。社先生即将到达大彻大悟的彼岸，可凶手那句不可理喻的话拉住了他的衣摆，他仿佛突然醒过来一样被拉回现实，等他回过神来，原本已经消失的欲望和执着又回来了。

不要。社先生想。如果一定要死，我想因为更充分的理由去死。不，我不想死，我本来就还没有——

就在这时，社先生失去了意识。

房间里，活着的人从两个减少到一个，杀死社先生的人自言自语地嘟囔了一句："那么，开始制造密室吧。"

…

迷路坂把梨梨亚关在了东栋的一个房间。房间内没有窗户，门也很坚固，很难被破坏。房间门的内侧还没有旋钮，只能用专用钥匙开门关门。而且东栋没有万能钥匙，能开锁的钥匙只有一把。可以说，这是专门用来监禁的房间。

"请进。"

"好。"

在蜜村的提议下，梨梨亚被简单地搜身，进入了房间。确认她进入房间后，迷路坂锁上了门，然后把钥匙交给蜜村。

"请你保管。"

"我？"

"对，这座酒店中，你似乎是最值得信任的人。"

看来迷路坂并不知道蜜村曾被警察逮捕。因为没有实名报道，所以普通人应该都不知道。

蜜村平静地接过钥匙，放进了口袋。

…

我刚睡着不久，就被尖锐的铃声吵醒了，是闹钟的声音，不过不是我房间里的闹钟。我看了看手机屏幕，现在是凌晨两点，我打开门走出房间。

走廊上的铃声更响，远超普通闹钟的音量。铃声似乎是从楼上——西栋三楼传来的。

我急忙走上三楼,那里已经聚集了夜月、蜜村、芬里尔和石川,还有迷路坂。除了社先生和梨梨亚之外的人都聚集在走廊上,面对房间的大门前,加上我一共六个人。现在酒店里的所有人都住在西栋,所以来得很快。被关起来的梨梨亚暂且不提,社先生是因为外出后的疲惫睡熟了吗?

我重新环顾三楼的走廊。

虽然我知道西栋是一座三层建筑,不过这是我第一次来到三楼。走廊的长度和一、二层一样,只是门的数量不同。一层和二层的走廊里分别有五扇门,而三楼只有一扇门,是房间的数量不同吧。一层和二层分别有五个房间,而三层只有一个房间,而且这个房间的大小恐怕相当于五个房间,感觉不是普通的客房。

"这个房间是?"我指着铃声响起的房间问。

"是图书室。"迷路坂回答,"主要放的是雪城白夜的作品和他喜欢看的书,他的藏书并不多。"

"嗯。"我小声说,那么图书馆里为什么会响起闹钟声呢?我想了一下,马上发现这是怎么想也想不出来答案的疑问。那么——

"总之先进去吧。"我说,"说不定里面发生了什么事情。"

蜜村马上摇了摇头说:"不能进房间。"

"为什么?"

"因为门被锁上了。"

"钥匙呢?"我问迷路坂,有一种不好的预感,"万能钥匙呢?西栋的房间都可以用万能钥匙打开吧?还是说图书室是例外?"

"不，图书室的门也能用万能钥匙打开。"迷路坂含糊地说，似乎是为了掩饰自己的失态，她移开了视线，"万能钥匙不见了。"

"啊？怎么回事？"

"万能钥匙原本挂在大堂前台后面房间的钥匙架上，可是钥匙架被人破坏了，万能钥匙被拿走了，是我不够小心。直到昨天，我还随身携带万能钥匙，因为案子解决了，我就重新把万能钥匙放回了钥匙架上，完全没想到钥匙架会被破坏。"

气氛有些令人不安。我看向图书室的门，里面有闹钟在响。说不定此时发生在这间房间里的事情，仅仅是闹钟在响而已。

"就算没有万能钥匙。"夜月说，"用图书室的专用钥匙开门不就好了吗？"

"不，同样做不到。"迷路坂摇了摇头，"图书室的门没有专用钥匙。在这座宅邸属于雪城白夜时，大家现在居住的房间都被当作客房，所以需要制作借给客人使用的专用钥匙，不过图书室只需要一把万能钥匙就够了，没必要制作专用钥匙。"

我们都叹了口气。图书室的门只能用万能钥匙开关——而如今万能钥匙被某人偷走了，我们没办法打开图书室的门。

那么要想进入房间，就只能破坏门，或者——

"那边有窗户。"迷路坂指着走廊尽头说。走廊尽头的左边有图书室的窗户，我们从位于走廊中央的门前向窗边移动。窗户用的是磨砂玻璃，看不见里面的情况，不过能看出房间里亮着灯。

"等一下，我去拿拖把。"迷路坂说完便下楼去了。几分钟后，她拿着拖把回来了。

"让一让。"蜜村接过拖把说。大家听从她的指令离开窗边,蜜村用拖把头砸碎玻璃,开了一个可以供人通过的洞,然后跨过窗框进入房间。我紧随其后,闹钟就放在窗户旁边,我关上闹钟后才环顾房间里的情况。

图书室的面积很大,连通了五个房间。书架全部摆在与走廊相对的那面墙边,空出来的地方只放了几张单人椅。这是一间没有死角、视野良好的木板房。我马上注意到房间中央躺着一个人。是社先生,但大家对此都很不安。因为社先生睁着眼睛,明显已经断气了。

"这是——"蜜村走到社先生旁边,捡起了尸体旁的瓶子,是大号果酱瓶,拧紧了瓶盖的瓶子里放着一把钥匙。

"是西栋的万能钥匙。"迷路坂说,"不会错。"

"是吗?"

也就是说,唯一能锁上图书室的钥匙被留在了室内。

蜜村哼了一声,拿着放有钥匙的瓶子走到门口,然后难得发出一声惊叫。

"啊,骗人的吧。"

我不知道发生了什么,走到她旁边后才明白了她惊叫的原因。门内侧的旋钮被旋转过,门明显被锁上了。以防万一,我试着转了转门把手,果然上了锁。凶手无法通过门离开房间,而房间里的窗户全都是嵌死的,包括我们进门时打破的那扇,所以打消了凶手通过窗户离开的可能性。

还有别的问题——内侧上锁的旋钮上罩了一个半球形的透明

塑料物体。

"这个是……"我说。

"扭蛋的壳。"蜜村说。

就像一个胶囊——在球形胶囊里放入商品，在自动售货机里发售的扭蛋的壳。扭蛋壳罩在旋钮上，因为它的阻挡，人手无法直接接触到旋钮。

蜜村用指尖敲了敲扭蛋壳，用奇怪的语气说："我小看凶手了。这是为了排除一个密室诡计的模式吧？"

我点了点头说："确实，这样一来就无法通过转动旋钮锁门了。"

密室诡计的经典模式之一，就是使用机关从房间里旋转旋钮。可是这一次，这种模式无法使用。扭蛋壳用胶带牢牢地——明显被人亲手粘在了门上，无论怎么想，都不可能有人用机关旋转旋钮后，再使用其他机关将扭蛋壳罩在门上。不，如果使用机关，现场一定会留下痕迹，要想清除痕迹，最常规的方式——

"不可能。"蜜村看了看房门下方后对我说，"门下面没有缝隙，所以无法从那里回收机关。"

这扇门和我们所住的西栋客房的门一样，是巧克力颜色的单开门。房间门下面确实没有缝隙，无法从门下回收机关，而且由于扭蛋壳的存在，原本就不可能利用机关旋转旋钮，现在连收回机关也不可能实现。

"再加上房间里没有死角，"蜜村拿着装有钥匙的瓶子说，"这样一来，凶手藏在房间里的模式也不成立。"

听她说完，我环顾整个房间，书架全部靠墙，至于其他家具，只有几把单人椅。单人椅是简单的板子加骨架，人不可能藏在椅子的阴影里。"凶手装成离开密室的样子，其实还藏在房间中"，这种诡计也无法使用了。因为除了被关起来的梨梨亚之外，其余六个人现在都在图书室里，从一开始就不存在房间里藏着其他人的可能。

"既然如此，接下来只剩下——"蜜村晃了晃手中的瓶子，里面的钥匙碰到玻璃瓶壁，发出金属碰撞的声音，"看看这把万能钥匙是不是假的了。"

蜜村想要拧开瓶盖，可是盖子盖得很紧，似乎拧不开。她噘起嘴把瓶子递给我，我接过瓶子拧了拧，确实很紧，简直太紧了。我的手用了很大的劲儿，总算拧开了盖子。

蜜村见我打开了瓶子，便取下了罩在旋钮上的扭蛋壳。透明胶带纷纷剥落，断裂的胶带在门上留下了五毫米左右的碎片。蜜村想用指甲把碎片抠下来，可最后还是放弃了，她转动旋钮推开门，来到走廊上。

"葛白，万能钥匙。"

我从瓶子里取出万能钥匙递给蜜村，蜜村把钥匙插进钥匙孔一转，门传来上锁的声音。我试着转了转门把手，门已经彻底锁上了。

"钥匙果然是真的。唯一一把能锁上图书室的钥匙确实在图书室里。"

现在，可以确定犯罪现场是完美的密室。

蜜村又把万能钥匙插进钥匙孔，开门走进房间，然后问正在验尸的石川和芬里尔。

"推测死亡时间是什么时候?"

"差不多是两个小时前。"石川说,"现在是两点多,所以应该是晚上零点前后。"

"死因呢?"

"刺杀,胸口被刺穿了好几处,不过大多数伤口是死后留下的,因为见不到生活反应。另外,从出血量来看,他似乎是在别处被杀后搬到这间房子里的,而且没有找到凶器。"

"就是说,至少不是自杀。"

"因为死后被刺,另外,芬里尔小姐,那个——"

石川看着芬里尔,芬里尔点点头,把那东西给蜜村看。

"这是放在尸体口袋里的。"

是扑克牌,红桃9,很明显,和扑克牌连环杀人案中使用的相同。

"扑克牌的数字是9,"夜月走过来说,"套用摩西十诫的话,就是'不可作假见证陷害人'吧?"

"说起来,社先生以前是骗子。"我说,"完全符合吧?"

"嗯,可是我觉得凶手在现场留下扑克牌还有别的原因。"

蜜村的话让我感到疑惑,可是在我反问"这是什么意思"之前,石川说:"比起这些,为什么又发生了杀人案?案子不是解决了吗?"

"对,解决了。"蜜村说,"只是在解决一桩案子后,又发生了另一桩案子。继梨梨亚之后,出现了第二名凶手。"

石川小声说："骗人的吧。"

然后他挠了挠头，带着苦笑说："这起杀人案不是梨梨亚设计的吗？比起出现了新的凶手，认为是梨梨亚又杀了一个人反而更轻松啊。"

蜜村摇了摇头回答："梨梨亚不可能是凶手，她被关在东栋的房间里，而房间的钥匙由我保管，所以她不可能杀人，不过以防万一，我们还是去看看吧。"

…

我们向监禁梨梨亚的东栋房间走去。蜜村开锁后打开了室内的灯。

"怎么了？"梨梨亚昏昏沉沉地揉着眼睛说。

"在啊。"蜜村看着石川。

"啊，在呢。"石川点了点头。

"怎么回事？"梨梨亚感到奇怪。

蜜村说了句"明天告诉你"，然后关上了梨梨亚的房门。

"就是说……"锁上门后，我们再次讨论。

"梨梨亚确实不是凶手了。"芬里尔说完，蜜村点了点头。

"我从一开始就不认为梨梨亚是凶手。"

"为什么？"

"因为密室的等级。"蜜村回答了芬里尔的问题，"虽然还没有彻底调查清楚，不过这个案件的密室等级与此前的四个案件完全不在一个水平。旋钮被扭蛋壳盖住无法使用，唯一可以上锁的万能钥匙放在了拧紧瓶盖的瓶子里。而且与神崎被杀的第一起案件不同，门下没有缝隙。"

"是彻底的'完全密室'。"

"对，可以说是更高级的'超完全密室'了吧？如果梨梨亚能想出重现如此等级的密室的诡计，恐怕我在解开她所作的四起密室杀人案时就要多费些功夫了。"

她的语气仿佛在说之前的四起案件解决起来不费吹灰之力。啊，实际上或许真的是这样，毕竟她是光速侦探小丑。

"比起这个，"蜜村对我们说，"现在就开始调查社先生的房间吗？他在别处被杀后，尸体被移动到图书室。既然如此，说不定犯罪现场就是他的房间。"

…

我们来到社先生的房间，蜜村的预测果然没错。地板上有一摊血迹，这里明显是真正的犯罪现场。

石川懒懒地打了个哈欠，抱怨了一句："我累了，今天就休息吧，不过我挺担心之后会不会还有人被杀。"

夜月使劲儿点了点头，仿佛产生了共鸣。

之后，我们回到图书室，将社先生的尸体搬到了酒窖里。酒窖里并排放着五具尸体，现在已经成了尸体安置处。

和大家分开后，我和蜜村再次回到图书室调查密室。就在我开门进入房间时，突然想到了一件事，于是对蜜村说："凶手有没有可能拧下合页的螺丝，将门取下来？"

这也是一个经典密室诡计。凶手来到走廊上,卸下合页将门取下,然后转动旋钮让锁舌弹出,把门放回门框里,然后重新拧紧合页的螺丝固定。

我滔滔不绝地说完,蜜村目瞪口呆地说:"葛白,你是黄金时代的人吗?"听起来是在说我的坏话,不过又不太明显。毕竟黄金时代指的是本格推理的鼎盛时期,是阿加莎·克里斯蒂和埃勒里·奎因活跃的时代。

此事暂且不提——

"听好了,葛白。"蜜村带着说教的口吻说,"如今已经无法使用那种诡计了,看看门就知道了。葛白,你来看看这扇门的合页的螺丝装在哪里?"

"嗯,"我按照她说的话寻找合页的螺丝,分别在门与门框的侧面。

"在侧面。"我向她汇报。

"很好,你关上门试试。"

我听话地关上了门,然后叫了一声。在门关闭的状态下,合页的螺丝完全被遮住了,因为螺丝在门和门框的侧面。关上门后,两个侧面重合,必然会将合页的螺丝夹在门与门框之间。

"在这种状态下,凶手要如何重新拧好合页的螺丝呢?"

这样说确实没错,可是很奇怪啊。我听过好几十次"取下门之后重新拧好合页的螺丝"这种诡计,实际上却不可能实现,究竟是怎么回事?

"我也不太清楚,不过可能以前的门结构和现在不同吧?"蜜村说，"关门后不会遮住螺丝，固定门与门框的螺丝会露出来，朝着走廊？如果是外开门，应该是这样的结构吧？"

"原来如此。"我想，"如果是这样，就算门关上，确实也可以拧下合页的螺丝。"

不过冷静地想一想，这样的结构相当危险。如果螺丝露在房间外面，那么只要拧开螺丝就能轻松地把门取下，那么小偷就可以自由出入了。

"其实，这就是过去的小偷使用的常规手段之一。"蜜村说，"你所说的诡计就是从小偷的花招里得到的灵感。不过就像我刚才说的那样，这种花招在现代已经用不了了。"

我沉吟片刻，重新打开门看了看合页。

"可是，为什么我觉得螺丝有些松呢？"

"错觉吧。"

蜜村无奈地说，然后走进图书室，走到墙边开始拍打墙壁。

"你在做什么？"我问。

"检查凶手有没有在墙上打洞。"她回答。

原来如此，如果凶手悄悄在墙上打洞，然后利用那个洞完成了某种诡计，那么这次密室的等级就会下降。她考虑到这种可能性，才会检查墙壁。

我和蜜村一起寻找天花板上是否有洞和缝隙，找了一个小时左右，并没有什么发现。

"看来没有啊。"蜜村下了结论。她揉了揉眼睛，似乎是困了，现在已经将近四点了。

"今天就休息吧，明天继续。"蜜村说完就要走出房间。我也打算跟上她，然后突然想到一件事，于是叫住了她。

"怎么了？"蜜村不高兴地说，很困的样子。

我无视了她的睡意询问："你刚才说过吧？留在现场的扑克牌有别的意义。"

社先生被杀的现场留下的扑克牌数字是9，指的是摩西十诫中的"不可作假见证陷害人"。因为社先生曾经是骗子，所以绝对符合，可是刚才蜜村说凶手还有别的意图。

"啊。"蜜村打了个哈欠，"凶手的标准大概不是摩西十诫，而是诺克斯十诫吧？"

"诺克斯十诫？"

"嗯。"

"诺克斯十诫的第九诫是什么？"

我开始回忆，诺克斯十诫的第九诫是"侦探助手（华生的角色）必须将其判断毫无保留地告诉读者"。什么意思？社先生究竟哪里符合这一条了？

"社先生是侦探助手吗？"我小心翼翼地问。然后蜜村耸了耸肩膀说："是啊，他以前说不定是哪家侦探事务所的助手。"实在是很随便。

我不满地看着她，于是她说："葛白，你是如何解释诺克斯十诫中的第九诫的？第九诫对推理小说的作者有什么要求？"

我想了想之后说："是公平竞争精神吧。"

"这一点自不必说，不过我是这样解释的。"蜜村挠了挠黑发说，"用一句话来说就是，否定叙述性诡计。"

听到这句突如其来的话，我皱起眉头，这个女人究竟在说什么？诺克斯十诫的第九诫禁止的应该是"侦探助手有意向读者隐瞒推理所必需的信息"，说这是在否定叙述性诡计，至少我没有听说过。

"什么意思？"我忍不住问了出来。

"所谓叙述性诡计，"她说，"虽然现在已经没必要解释了，不过叙述性诡计指的是利用文字游戏误导读者的理解，让读者产生误会。说到代表性的例子，比如误以为女性是男性？"

"就是性别误认诡计吧？"

"那么问题来了，要如何造成这种误会呢？"

我想了想之后说："因为作者利用了文字游戏吧。"

"这是当然，我问的是更本质的问题，文字游戏是如何出现的？"

"是作者努力创作的吧。"

"我说的不是这种精神论的问题。"她叹了口气，"答案是，作者有意隐瞒信息造成的。作者隐瞒了登场人物'A'的性别，所以读者可能会误会'A'的性别——就是这种感觉。而作者有意隐瞒信息，就意味着故事的视角人物——侦探助手没有向读者传递必要信息。"

原来如此，我想。确实如此，登场人物的性别对侦探助手来说是不言自明的，然而侦探助手没有将这个信息传达给读者，让读者产生了误会——是这样啊。

可是这里又出现了新的疑问。

"凶手为什么要在现场留下数字9？"诺克斯十诫的第九诫否定了叙述性诡计，我可以理解这种解释，可是我不明白凶手为什么要提出这一点。

"这个嘛，"蜜村竖起食指，"这个密室没有使用叙述性诡计，凶手留下数字9是为了表示这一点。"

我不太明白她在说什么，这可能是我认识她以来，她说过的最含糊不清的一句话了。

"不是，等等，什么意思？"我皱着眉头问，"密室和叙述性诡计没有任何关系吧？"

蜜村一愣，摆出一副"你在开玩笑吗"的表情，一本正经地盯着我说："每一个喜欢推理的人都想过，是否能利用叙述性诡计做出新的密室诡计，所以我以为你一定也曾经想过。"

"丝毫没有想过。"

"那你就不是真正喜欢推理。"

我对推理的爱被否定了，真是相当粗暴的判断。

我清了清嗓子说："因为我觉得叙述性诡计是歪门邪道，读书少的外行或许会推崇，可是老手都会享受机械性机关和能够锁定凶手的逻辑。"

"哇，你是这种类型的人啊。我话说在前头，叙述性诡计很了不起的，与普通小说的契合度很高，无论是言情、科幻、幻想还是恐怖题材都可以使用。不过机械诡计就不是这样了，因为从出现机械性机关开始，故事就变成了推理题材。"

"等等，话说回来。"我打断了她热情的演讲，"我不太明白如何用叙述性诡计制造密室，真的有可能吗？"

"这个嘛，比如说……"蜜村沉默了十秒，"就拿我现在随便想到的例子来说吧。"

"嗯。"

"像这样——一个房间里发生了杀人案，现场有一扇门和一扇窗户，都上了锁。那么凶手是如何离开这个房间的呢？"

线索实在太少了，我思索了一分钟之后说："答案是什么？"

"答案是凶手划破了房间里的窗玻璃，因此虽然窗户上了锁，可是开了洞，凶手从洞口离开了。"

这个答案太过分了，我当然要抗议。

"这完全不是密室吧？"

"当然了，我本来就完全没提过现场是密室，只是你自己误会了吧？"

我回忆蜜村提出的问题，她确实没说过，虽然她说门和窗都上了锁，但是没有说房间是密室。

"这就是利用叙述性诡计做出的密室。"蜜村说，"隐瞒必要的信息，引导读者产生误会，啊，不过刚才的例子是叙述性诡计里最低级的了，真的这样使用的话，读者会生气的。另外还有利用叙述性诡计，让身在房间中的凶手'隐形'的模式。"

让身在房间中的凶手"隐形"？

"就是说凶手没有离开密室，但读者看不见'凶手'，所以误以为凶手已经从密室里消失了吗？"

"对，就是这种感觉。比如房间里有猫，而那只猫其实是人之类的吧？就是所谓人猫误认诡计。这种诡计也很一般啦，不过你可以理解吧？利用叙述性诡计制造密室就是这种情况。而凶手留下了数字9，意味着否定了叙述性诡计的可能性。凶手在宣告这起密室杀人不是叙述性诡计，只是物理性诡计，或者心理性诡计，某种意义上是在表达自己的决心。凶手一定是想表明，这个密室完全公平，没有使用任何不公平的手段吧。"

我非常疑惑。

"凶手究竟是在和谁较量？"

"不知道，和某个看不见的人吧？"

蜜村咽下一个哈欠说："我累了，要睡了，晚安。"

我回了一句晚安，她牵起嘴角笑了一下，然后离开了图书室。

…

第二天早上，我和蜜村来到东栋的一个房间——关着梨梨亚的房子。新的杀人案让梨梨亚目瞪口呆，她有些不爽地说："梨梨亚被关起来的时候，竟然发生了这么好玩的事情。"

"我们这边可是一团乱啊。"蜜村说。

"所以要怎么样呢？你们是来找梨梨亚帮忙推理的吗？"

"不，推理我们会解决，比起这个……"

蜜村在口袋里摸索片刻，抽出了一张扑克牌，是留在社先生被害的现场的红桃9。蜜村把扑克牌展示给梨梨亚。

"这张扑克牌是你的吗？"

梨梨亚接过扑克牌认真看了看，然后点了点头。

"嗯，没错，不过这张牌被留在现场了？"

"对，我想问你，你的扑克牌放在什么地方？我想知道凶手是从哪里拿到扑克牌的。"

梨梨亚听了蜜村的话，转了转眼珠，似乎想要讨价还价，不过她很快耸了耸肩膀，可能是觉得麻烦，"要说这件事，梨梨亚至少要拿到手机。"

"你的手机？"

"嗯，在大堂窗户旁边的沙发上，帮梨梨亚拿一下吧，然后再详说。"

我和蜜村面面相觑，总之先按照她的指示做了。

和梨梨亚说的一样，她的手机在大堂的沙发上。我回到房间把手机递给她时问了一句："为什么把手机放在那里？"

"不是梨梨亚想放在那里的。"梨梨亚似乎在闹别扭，"我在大堂玩手机的时候，蜜村开始推理，然后手机就忘在那里了。"

梨梨亚的手机边缘有一个突起的装饰，像手表的表冠（用来调节时间的螺丝）。梨梨亚用指尖捏住表冠，迅速拉了五下，然后又按了五下。只听"咔嚓"一声响，手机壳纵向滑开，里面有一个能放几张扑克牌的暗格，现在里面放着一张扑克牌，是红桃8。

"少了一张。"梨梨亚说，"昨天红桃9也在里面。"

"就是说被凶手偷走了？"

"嗯，就是这样，我没有交给任何人。"

蜜村沉思片刻，然后问梨梨亚："这个手机壳是买来的吗？"

"不是，是定制的。"梨梨亚说，"是梨梨亚认识的古董商帮忙做的，很帅气吧，全世界只有一个。"

"这就意味着，手机的机关只有梨梨亚和那位古董商知道？"

"对，古董商嘴很严，不会泄露顾客的订单内容，梨梨亚也没有告诉过任何人。如果告诉了别人，好不容易做的机关就失去意义了嘛。"

"那你有没有在别人面前打开过暗格？还是说只在没有人的地方打开过？"

梨梨亚点了点头："平时只会在自己家里打开，还有就是酒店房间了。"

"你到了这座酒店之后呢？"

"嗯，到了酒店之后，只在梨梨亚的房间里打开过。比如动手之前，需要从手机壳里取出需要的扑克牌。"

蜜村点了点头，然后看着我说："我们该走了。"

"嗯？已经要走了吗？"梨梨亚不高兴地说。

蜜村留下一句"我们也很忙的"，然后突然对梨梨亚说："说起来，我想检查一下你的房间，可以吗？"

"可以是可以，不过不要碰梨梨亚的包哦，这个给你。"

梨梨亚说完，从口袋里取出一个东西递给蜜村。她递过来的是钥匙，却不是她住的西栋房间的钥匙。

"这是？"蜜村说。

"是梨梨亚在建材超市买的辅助锁的钥匙，辅助锁安装在门把手上，插上后门把手就转不动了，无法进入房间。只能用专用钥匙开锁后才能转动门把手，要想取下辅助锁，同样需要钥匙。"

"嗯，就是说如果没有这把钥匙，就无法进入你的房间吗？"蜜村仔细看着钥匙，"可是你为什么要装这种东西？"

"梨梨亚可是国民级女演员啊。"她一本正经地说，"到了梨梨亚这个级别，就连酒店工作人员都不能信任了，因为他们可能是梨梨亚的狂热粉丝，会用万能钥匙随便开门进来。所以我出门旅行时总是随身携带辅助锁，有时候包里还会放刀，万一被发现就麻烦了。"

"原来如此。"蜜村点点头，思考片刻后说了句"谢谢"，然后离开房间。

梨梨亚立刻感到无聊，失望地说："啊？真的要走了吗？"

...

梨梨亚的房间位于西栋的别馆。从西栋一楼的北边穿过连廊，就到了梨梨亚的房门前。正如梨梨亚所说，门上装了辅助锁。蜜村用从梨梨亚手里拿到的钥匙打开辅助锁，又用西栋的万能钥匙打开了门。蜜村进入室内，首先来到窗边。房间里只有一扇窗户，挂着厚厚的窗帘。蜜村若有所思地检查窗帘，然后小声说："这里有一个洞。"

我也走近看了看，窗帘上确实有一个指尖大小的洞。蜜村又想了想，然后一把拉开窗帘。窗帘外面是嵌死的窗户，她又拉开了窗户。

然后，蜜村开始在房间里搜寻。一分钟后，她叫了一声，拿起放在桌上的古怪机器，像一个单片望远镜。

"这是什么？"我疑惑地问。

"大概是用来检查针孔摄像头的东西。"

"检查针孔摄像头？"我没有听说过，"不是检查窃听器的吗？"

蜜村微微耸了耸肩膀。

"完全不一样，通过这个像望远镜一样的镜片看的话，如果房间里藏着摄像头，摄像头的位置就会有光闪烁。打开开关后，这个机器就会发射LED光，光线打在针孔摄像头上反射回来，被机器捕捉，就像太阳能的光线板吧？因为针孔摄像头的镜头和拍摄对象之间不能出现障碍物，所以拍摄对象一定能看到镜头，这个机器正是反过来利用了针孔摄像头的性质。机器的性能很好，甚至可以发现几十米之外的针孔摄像头。"

蜜村说完后，表情怪异地说："问题在于，梨梨亚为什么有这种机器。"

我突然想起来："对了，梨梨亚还有能检查窃听器的机器。"

来到这座酒店的第一天，我就见过她拿着机器的样子。听我说完，蜜村说："这个信息很有意思。"

然后她挠了挠黑发看向窗外，向我提议："再去看看院子里吧？"

我们来到中央栋，然后从玄关走到室外。院子里积了几厘米厚的雪，是我们来酒店的第一天下的雪，从那以后再也没有下过，不过由于气温很低，积雪还留着。因为雪已经被大家胡乱踩过，不再是新雪的状态。不过到了院子北边梨梨亚住的别馆，雪地上却完全没有任何足迹。我们在别馆周围转了一圈，确定周围也没有足迹留下。

蜜村拿出手机拍了几张照片，绕别馆一周后，她小声叫道："这是刚才那扇窗户。"

顺着蜜村的视线，我确实看到了窗户，是刚才在房间里看到的，别馆中唯一一扇窗户。她踩在没有足迹的雪地上来到窗户旁边，但是窗户上挂着窗帘，看不到房间里的样子。

"不，从这里可以看到。"

蜜村用指尖敲了敲玻璃，我看着她指向的位置，发现只有那里的窗帘上开了一个小洞，是刚才在房间里看到的小洞，虽然只有指尖大小，不过只要把头凑近窗户，就能通过小洞看到房间里的情景。我看到了床和家具，视野比想象中大，几乎能看到整个房间的样子。

我离开窗边，换蜜村透过窗帘上的洞再次观察室内。她像地藏菩萨一样，保持同一个姿势站了好几分钟。我叫了她一声，她说"再等一下"。究竟有什么好玩的？我正想着，她离开了窗边，然后看着我说："我们再去找一次梨梨亚，我有些话想问她。"

"想问她？"

"我们刚才进入别馆时，窗帘是拉上的对吧？所以我想知道梨梨亚是不是一直关着窗帘，我还想知道她是什么时候拉上窗帘的。"

我点点头，可是完全不知道她为什么要问这些。我带着满脑子的疑问，再次来到梨梨亚身边。

"拉上窗帘的时间？"面对蜜村的问题，梨梨亚的表情和我一样惊讶,然后带着不明所以的表情说,"我一进入房间,就立刻拉上了窗帘,然后再也没有拉开过。从第一天开始就一直没再拉开。"

蜜村点了点头,然后向梨梨亚道了谢。

……

问过梨梨亚之后,我们来到成为犯罪现场的图书室,当然是为了挑战密室之谜。我关注的是门内侧的旋钮,虽然被扭蛋壳盖住了无法使用,不过我觉得这里依然有解开密室之谜的线索。

我陷入沉思。

如果凶手用旋钮锁上了门,那么凶手面前会摆着四个难关:一、使用什么机关旋转旋钮;二、如何收回机关,或者让机关消失;三、使用什么机关粘上扭蛋壳;四、如何收回第三项的机关,或者让机关消失。

不,这种事情不可能做到吧,我的头很快疼了起来。

"总之,试试各种方法吧。"我自言自语地说完,从口袋里取出钓鱼线。说到密室,当然要用线。可是门的密闭性很高,门和门框之间的缝隙甚至无法让线通过,这就意味着无法利用门的缝隙在屋外操纵。可是,我姑且试着把线缠在了旋钮上。然后一边看着门,一边思考用什么样的机关拉线,然后我突然注意到一件事情,叫出了声。

"怎么了?"

耳朵很灵的蜜村走了过来,她真是个对线索敏感的女人。我本想隐藏信息,最后还是和她共享了。

"这里。"我指着门说。

"透明胶带的碎片消失了。"

昨天蜜村撕下扭蛋壳时,在门上残留了长度为五毫米左右的透明胶带碎片,可是现在碎片不见了。

"真的啊。"蜜村凑到门前。

"是凶手撕掉的吧?"

"应该是吧。"

我回答了蜜村的问题,透明胶带的碎片很难自然脱落,既然如此,应该是有人撕掉的,而能从中得到好处的只有凶手。

可是,究竟是为什么呢?透明胶带的碎片是需要凶手刻意销毁的重要证据吗?

"蜜村,你怎么想?"

"是啊。"她漫不经心地说,然后在门前思考了很久,终于开口说,"果然是这样啊。"

说完,她总算从门上移开了视线,然后看着我说:"喂,葛白,不好意思,我要退出这起案件。"

我听了她的话,傻傻地应了一声,然后急急忙忙地问:"啊?怎么回事?你是说不会再管这个案子了吗?"

蜜村点了点头,我更加疑惑了,小心翼翼地问她:"难道,你因为解不开谜题要放弃吗?"

"不,正相反。"蜜村说,"因为密室之谜已经解开,所以我不会再管。"

我完全不明白。因为谜题解开了所以不管?明明只需要把答案告诉大家就好了啊。

"因为,告诉大家的话我会为难。"蜜村冰冷的眼神更冷了一些,她表情冰冷地说,"是一样的。"

我听到了她的话。

"这起案子的诡计和我三年前用过的密室杀人诡计是一样的。"

……

我做了一个梦,梦里我在上高一。那时的我总是在想密室的问题,无论是在学校,还是在放学回家的路上,就连到家后也一直在思考蜜村设计的那起密室杀人案的诡计。

我想到了一切可能性,有时会在自己房间的门上验证想到的诡计。我每天都泡在密室里,现在想起来很不对劲。

不过,那时的我就已经与她的密室共存了。

……

硬地板的触感唤醒了我,是犯罪现场图书室的地板,我好像是躺在地上思考的时候睡着了。我想起身时,听到了低低的尖叫声。我转头一看,脸色苍白的夜月就站在我身边,她用手按住心脏轻轻拍了几下。

"太好了。"夜月说,"我以为你死了。"

她似乎把我当成了尸体,躺在犯罪现场,看起来确实很像尸体。

"搜查情况怎么样？"我站起身后，夜月一边环顾四周一边问我，"对了，蜜村呢？"

该如何回答呢？我躲开了夜月的视线："我和蜜村闹掰了。"

"嗯？为什么？"

"方向不同。"

"像乐队一样，啊，我知道了。"

"什么？"

"你被甩了吧？"

夜月频频点头，像是接受了自己的解释。当然，我并不接受。

"总之，"我说，"她不再管这个案子了，已经退出了。"

听了我的话，夜月叹了一口气问："啊？那要怎么办？你要独自解开这个案子的谜题吗？"

听到意料之外的话，我措手不及，慌忙摇了摇头："我才没这个打算，对我来说这个担子太重了。"

"嗯，确实。"夜月点了点头，"对你来说负担太重了。"

"而且我和蜜村的智商差距太大。"

"嗯，确实，就像邻居们口中聪明的猫和东大学生的差距那么大。"

这话也太难听了，我有些生气。

我对夜月说："总之，我之后也不打算管这个案子了，既然想不明白，从一开始就不要去想，否则只会浪费时间。"

她叹了一口气，歪着头说："可是，你在说谎。"

"嗯？"

"香澄，你不擅长说谎。"夜月牵起嘴角笑着说，"因为你特别兴奋啊，其实你特别想解开这个密室之谜吧？"

我用手指碰了碰自己的嘴角，那里确实浮现出一丝笑意。

我小心翼翼地问她："看上去真的是这样吗？"

"嗯，看得出来，因为你特别开心。"

我又碰了碰嘴角，看来我的真实想法彻底暴露了。我又不是芬里尔，因为看到杀人现场而感到开心，实在太缺乏道德感了，可这是我无法伪装的心情，实在没办法，难道我和她是同一类型的人吗？

我现在，特别开心。

开心得不得了。

原因自不必说。

我可以再次挑战她的密室了。

用三年前蜜村用过的诡计设计出的密室。

用她在文艺社说过的"终极诡计"设计的密室。

"我杀了父亲。"

一年前的夏天，她这样对我说。在被夏日晚霞染红的小路上，她是这样说的。从那天开始，我执着于破解她留下的密室，简直像坠入了爱河一样。从那天起，我的生活开始围着她的密室打转。

就像青春期的男生沉迷于自我意识过剩的轻小说。

就像粉丝沉迷于喜欢的偶像团体。

就像年轻人憧憬崭露头角的音乐家时，会模仿音乐家的服装和语气。

对我来说，憧憬的对象是蜜村漆璃的密室，我带着全部的热情去挑战它，仿佛整个世界除了她的密室之外，再无其他。

我为什么要执着到这个地步？原因有很多。比如单纯地想知道答案，想知道她想出的"终极密室诡计"的答案。可是在此之上，一定——

是因为我想看到她惊讶的表情。

蜜村是天才，能做到任何事情，我总是因为她而感到惊讶。可是反过来，我几乎没有让她感到吃惊过。她只会因为我做出的事情太愚蠢而惊讶，却从来没有因为我做了超出她预期的行为而让她大吃一惊的情况。

我想看到她惊讶的表情。

一想到那幅场景，我就开心得不得了，我露出一个散漫的笑容，不知为何有些紧张，简直就像下定决心告白的男生。所以哪怕我当时没有和她保持联系，却一直在思考密室之谜。

然而结果是我放弃了。

蜜村留下的密室之谜是一道高墙，我只是一介高中生，仅仅靠着从杂志和网上得到的信息不可能解开。

那么——我想。

如果我不是从杂志和网上得到信息，而是实际在场的话会怎么样呢？

会怎么样呢？果然还是解不开吗？不，我说不定可以解开。真的吗？那就试试看吧。

幸好，这里是最适合让我验证当初设想的密室。

"谢谢你，夜月。"

"这么突然，怎么了？"夜月一脸疑惑，"我不明白你为什么向我道谢。"

"啊，嗯。"

确实，我想，是我太自说自话了。

可是的确是因为夜月，我才知道了自己想做什么。我又说了一句"谢谢"，然后离开了图书室，走向蜜村的房间。

…

我敲了敲房门，蜜村很快开了门，她惊讶地皱了皱眉，语气不悦地说："抱歉，我不打算告诉你密室的答案。"

说完，她就准备关门，我用脚卡在了门和门框之间，被夹到的时候有些疼。她用力关门，更疼了。最后蜜村放弃了，打开了门。

我对她说："不巧，我不打算让你告诉我答案，也没有必要。"

蜜村惊讶地说："什么意思？"

"因为我会自己解开密室之谜。"

蜜村目瞪口呆，然后立刻笑出声来。

"你真的觉得你能做到吗？"

"能做到。"我点了点头，"因为我比你想象得厉害很多倍。这件事我来解决，你会在听到我的解答后臣服于我。"

听到我大放厥词，蜜村愣住了，然后苦笑着用嘲弄的口吻说："人要有自知之明，你不可能解开这个密室之谜的。"

"不，我能解开。"

"我说了你解不开。"

"能解开。"

"绝对解不开。"

她目光冰冷，眯起眼睛告诫我："我知道的，你绝对解不开这个谜题。不，不仅是你，世界上任何一个人都解不开，因为这个密室就是这样。"

听了她充满自信的话，我耸了耸肩膀，事到如今也没什么好怕的了，因为所有日本人都知道这个密室的难度有多大。

于是，我从容不迫地说："比起这个，我有一个顾虑。"

"顾虑？"

"对，顾虑。"我点了点头，然后指着蜜村说，"在三年前的案子里，你被判无罪，是最高法院判决的无罪。根据日本的法律，今后将无法推翻这项判决。就算有人解开了密室之谜，也无法改变你无罪的事实。"

日本的复审只能解决冤案，让被告人沉冤得雪，但是不能因为出现了新证据，重新审判曾经被判无罪的人。

听了我的解释，蜜村一脸惊讶，然后试探地说："这种事情我知道，那又怎么样？"

"所以我有顾虑。"我说，"就算法律上无罪，但是人们会有什么样的反应呢？如果密室之谜被解开，你会很麻烦。被媒体追踪，被网暴。虽然可以用因果报应来解释，可老实说，我不想看到你遭遇那些。"

她的表情越来越惊讶，我提出了一个建议："因此如果你愿意，我不会将密室诡计的真相公之于众。虽然有违公共正义，不过没办法，我甚至不会把答案告诉夜月他们，只有我和你两个人深入案件去解决就好。"

这是我对朋友蜜村的体贴。虽然有些自卖自夸，不过我是个体贴的男人。可是不知道为什么，蜜村目瞪口呆地看着我。

"葛白，你知道有一则俗语叫作'打如意算盘'吗？"

打如意算盘？

"我当然知道。"

"是吗？那你就是记错了，因为这句话正确的含义是'等你解开密室之谜再担心这些吧'。"

蜜村重重叹了一口气。

"我看你摆出一副微妙的表情，原来在想这些无聊的事情，我都惊讶得说不出话来了。如果你解开了密室之谜，堂堂正正地公之于众就好。不过我想，这样的未来就算再过一百亿年也不会到来。"

她的话让我有些火大，我不高兴地瞪着她说："你会后悔的。"

"我不会，如果连这么一点风险都没有，我也会觉得无趣。啊，对了，我给你一点点帮助怎么样？"

她的提议让我措手不及，我慌慌张张地反唇相讥："我才不需要提示，我会凭借自己的力量解开。"

于是蜜村耸了耸肩膀说："不是提示，不是密室的提示，我是说告诉你这起案件的凶手是谁。"

"啊?"

听到意料之外的话,我一时间停止了思考,然后急忙对她说:"你已经知道谁是凶手了吗?"

"当然了。"蜜村挺起胸膛,"你以为我是谁?"

"我以为你是光速侦探小丑。"

"你是这样看我的吗?"

蜜村好像受到了打击,然后清了清嗓子说:"总而言之,我要告诉你凶手的身份。你想听吧?我现在就告诉你。"

"等一下。"我急忙阻止她,然后想了一会儿。我确实很在意凶手是谁,不过可以让蜜村告诉我吗?明明我和她已经闹掰了,现在是敌人。

我把我的想法告诉了蜜村,她无奈地叹了一口气。

"你在说什么呀?老老实实听着就好。"她用讲述世间真理一般的语气说,"因为凶手是谁,和密室之谜比起来不过是鸡毛蒜皮的小事吧?所以我要告诉你凶手是谁。如果你真的想解开密室之谜,就没时间为密室之外的事情纠缠,把你的全部奉献给密室吧,否则你解不开的。"

她强硬地告诫我。我渐渐觉得她说的有道理,只好老老实实地听她说出了凶手的身份。

"那我说了。"蜜村清了清嗓子,"凶手就是——"

听到的名字让我目瞪口呆。这样啊,那个人是凶手吗?真没想到。

"对了,你有充分的理由吧?"

"当然，说到那个人为什么是凶手——"

她含糊地告诉了我原因。这样啊，因为这个理由，所以那个人是凶手，有道理。

"好了，你要加油，不过我觉得你终究解不开。"蜜村说完，结束了与我的对话，"啊，对了，这个给你。"

在关门前，她从口袋里拿出一个东西递给我。

是红桃8的扑克牌，装在梨梨亚手机壳里的，这次连环杀人案中唯一一张没有使用过的扑克牌，对应的诺克斯十诫是"侦探不得根据小说中未向读者提示过的线索破案"。

我盯着手中的扑克牌看了一会儿，破解密室的线索已经全部出现了吗？

……

我回到图书室，晃了晃装着万能钥匙的果酱瓶。果酱瓶的直径和高度都有二十厘米左右。因为标签被撕掉了，所以不知道它原本是不是真的果酱瓶，不过形状就是超市或者便利店里卖的果酱瓶的大桶装，或许是饭店用的吧。

我一边摇晃果酱瓶一边思考。如果凶手是用万能钥匙上锁的，那么他面前就会有三道巨大的难关。一、凶手如何将钥匙送回房间；二、送回房间的钥匙如何装进果酱瓶，然后拧紧盖子；三、如何收回拧紧果酱瓶盖子用的机关，或者让机关消失。

"……"

不，不可能做到。我把果酱瓶放在地上。只是第一步就做不到,更何况还有第二步和第三步。这是三重不可能犯罪,凶手果然不是用万能钥匙锁门的吧?

三年前,在蜜村所作的案件中,房间钥匙没有放在果酱瓶里,而是在桌子的抽屉里。这就是说,将钥匙放进果酱瓶里所用的诡计和放进抽屉里所用的诡计是一样的吗?还是说凶手锁门时并没有用钥匙,所以两桩案子里发现钥匙的地方不同?

除此之外,还有其他让我在意的事情。一是凶手移动尸体的原因。凶手将社先生的尸体从西栋社先生的房间移到了图书室。我不认为移动尸体没有意义,凶手一定能从中获得好处。

另一个让我在意的是残留的胶带碎片之谜。蜜村看到图书室门上的胶带碎片被撕掉后,想到了这次密室诡计的真相,胶带是用来粘扭蛋壳的,收回胶带碎片的恐怕是凶手。这就留下了一个问题,凶手为什么要收回胶带碎片?还有一个问题——三年前的案子里,房门内侧并没有贴着扭蛋壳。

那么凶手收回的胶带碎片说不定别有意义。凶手使用胶带可能并不仅仅是为了将扭蛋壳粘在门上,还在设置其他机关时用到了透明胶带,为了掩盖痕迹,凶手故意在门上贴了透明胶带。也就是说,这次的案件与三年前不同,发生了某件事情导致凶手无法在犯案时收回贴在门上的透明胶带。

"嘿,进展顺利吗?"

就在这时,夜月走进图书室,打断了我的思路。推理的残渣就像鸽群一样拍打着翅膀飞走了。可恶,我马上就有头绪了。

我不满地盯着夜月,夜月不明所以地盯着我。

"那么，进展如何？"

像不良少年一样的眼神对抗持续了一分钟左右，夜月拉回了话题。

"啊？"我只嘬着嘴说了一句，"如你所见。"

"这起案子陷入了迷宫之中。"

"放弃得好快！"

"不过我真的不明白。"尽管已经思考了两个小时，我依然完全找不到答案，"密室的等级太高了。"

"密室的等级？"夜月歪着脑袋问。

我开始给她解释，顺便转换一下心情。

"简单来说就类似于密室的难度。以这次的密室为例，门下方不是没有缝隙吗？这种情况下，由于无法使用利用门下缝隙的诡计，所以凶手能够使用的诡计范围就会缩小，密室处于有限制条件的状态。就像有人对我说，'来解开密室诡计之谜，不过没有用从门下方送回钥匙的诡计'。"

听了我的解释，夜月蹙着眉毛说："我不太明白你在说什么。"

"不明白我在说什么吗？"我有些沮丧。

夜月耸了耸肩膀说："总之你加油想吧，还有时间，姐姐我去大堂悠闲地喝红茶了。"

"总觉得好羡慕你。"

"说不定还能吃到切块草莓蛋糕。"

"你怎么这样！"

夜月离开后，我躺倒在地板上，盯着天花板陷入沉思。她说得对，还有时间。我们被关在酒店里已经是第五天了，假设一周后会有人来救助，那么包括今天在内，还剩下三天。三天后，案件将移交到警察手里，我就无法像现在这样近距离观察、思考密室之谜了。

还剩三天，不过我觉得既然还剩三天，我一定能发现些什么。

既然还剩三天……

…

我的想法并没有实现，我依然停留在迷宫之中，茫然的思绪如水一般淹没了我。尽管每天都在现场绞尽脑汁，可是我不仅不知道凶手使用了什么样的诡计，甚至抓不住一丝线索。我陷入了濒死状态，无论肉体还是精神。在走廊上，蜜村与我擦肩而过时，用鼻子发出一声嘲笑，看来我的自尊也被逼到了濒死状态。

已经是来到酒店后的第七天了，救援人员恐怕今天或者明天就会来。可能是由于这个原因，早晨聚在食堂的人表情都很愉快。社先生被杀已经过去了五天，之后没有其他人死去，这一点或许同样重要。

我一晚上没睡，一边揉眼睛一边走到夜月的对面坐下。她在往吐司上涂果酱，吐司是迷路坂烤的。桌子上还摆着煎鸡蛋、沙拉和香肠，同样是迷路坂做的。虽然不如诗叶井担任厨师的时候做的好吃，不过依然可以说十分美味。

我忍住了一个哈欠，在吐司上涂橘皮果酱，然后又涂了苹果酱，做了橘皮果酱和苹果酱的混合酱。我暂时把吐司放在桌子上，然后拧紧橘皮果酱和苹果酱的盖子。夜月看到后提醒我："香澄，盖子盖反了吧？"

"盖子盖反了？"

"果酱瓶的盖子，算了，给我吧。"

夜月把橘皮果酱和苹果酱的瓶子拿到手边，然后转开盖子，交换了两个果酱瓶的盖子。盖子上都贴着标签，分别画着橘子和苹果，看来是我把两个瓶子的盖子弄错了，所以夜月在提醒我。

就在这个瞬间，我发现了那件事。

我猛地站起身来，然后直接冲向图书室。

"等一下，怎么了，香澄？"我听到夜月慌张的声音，不过我不顾她的叫喊，穿过中央栋的大堂跑到了西栋。到达三楼的图书室时，我调整好急促的呼吸。

我环顾整个房间，然后叹了一口气。

啊，这可很难注意到，能注意到这种东西的，全世界一定只有三个人：我，案件的凶手，还有蜜村漆璃。

"究竟怎么回事，香澄？"

追着我赶来的夜月说。我对喘着气调整呼吸的夜月说："夜月，叫大家都到食堂去。"

夜月疑惑地说："大家已经都在食堂了，不过还在吃早餐。"

这样啊，确实如此哦，我清了清嗓子。

"究竟怎么了，香澄？"夜月诧异地看着我，"难道你还没睡醒吗？"

我摇了摇头，我不是没睡醒，就算刚才没睡醒，现在也清醒了。

"解开了。"

对我来说，这是让人清醒的结局。

"密室之谜解开了。"

回想4　四年前·四月

"不存在新的密室诡计。"

我刚认识蜜村后不久，曾经和她在文艺社的活动室聊起密室的话题。

不存在新的密室诡计，这是我在那次讨论中所持的立场。

"就算被说成新诡计，也全都是现存已知的诡计的延伸。比如更新了将锁门的钥匙送回室内的方法，更新了旋转门内旋钮的方法之类的。可是那些都称不上真正的新诡计吧？我实际看到的都是这些东西。我每次翻到解决篇时，总是会揉着鼻子想：好啦好啦，这种模式我见过。"

蜜村嫌弃地说："你会一边揉鼻子一边看书吗？好脏。"

"我只是举例而已。"

"太好了，你没有真的一边揉鼻子一边看书。"

蜜村放心地拍了拍胸脯，然后说："我觉得存在新的密室诡计。你看，推理小说的诡计总是被比作矿脉吧？以此为例，假设世界上存在的密室诡计的数量是固定的，即矿脉中的资源数量有限，那么在推理小说出现后的一百八十年里，矿脉里的资源几乎被挖掘殆尽。简单来说，就是资源枯竭理论。不过我觉得这个理论是错的。"

我对她的话产生了兴趣，问她为什么这么说。

她说："因为密室诡计被比作矿脉啊，你觉得人们有可能挖尽矿脉中的所有金子吗？"

我苦笑着说："总觉得这是恶魔的证明。"

如果不断挖掘矿脉，就会渐渐挖不到金子，但这无法彻底证明矿脉中"不再有金子"。因为只要继续挖掘，说不定总有一天能挖到。

可是反过来，要想证明"还有金子"却很简单。只要真的挖出来让大家看到就好，只要高喊"这里还有金子"就好。

"我认为证明这一点是推理作家的工作。"蜜村用手撑着头说，"所以推理作家就算嘴巴烂掉，也不能说出'不存在新的密室诡计'这种话，因为这是在否定自己的工作。就算撒谎，也要虚张声势，这样一来，说不定有一天，谎言中就会诞生出真实。"

第十八章

密室崩塌

夜月在食堂一边喝红茶一边等葛白联系自己。葛白宣称谜题已经解开，让大家聚集在食堂（虽然已经到齐了），结果他自己却不见了，似乎是去做准备了。夜月无所事事，来到正在吃早饭的蜜村身边。两人正在闲聊时，她突然问蜜村。

　　"你觉得香澄真的解开密室之谜了吗？"

　　蜜村耸了耸肩膀，"谁知道呢。"

　　两人说话间，葛白回到了食堂。虽然似乎等了很久，其实还不到三十分钟。

　　"大家请到这里来。"

　　葛白带夜月等人来到食堂外。夜月觉得他的说话方式太正经，不像他本人。葛白和聪明的行为完全不搭。

　　葛白带大家去的是西栋三楼的图书室，也就是发现社先生的尸体的房间，是酒店发生的五起密室杀人案中唯一没有解开的第五个密室。

　　葛白看着大家，"大家"指的是如今住在酒店里的、除了梨梨亚之外的五个人。也就是芬里尔、石川、迷路坂、蜜村以及夜月，加上葛白自己在内，这六个人里有一个人是杀了社先生的凶手。而构建密室的人是——

　　"各位。"葛白对大家说，"我现在即将开始解开密室之谜。"

······

"那么,"环顾夜月在内的五个人后,葛白装模作样地说,"在开始推理前,我有一件事情想要确认。大家知道法务省制定的密室分类吗?"

众人疑惑地看着彼此。

"这个嘛,"蜜村说,"当然知道了。"

"这是常识吧。"芬里尔说。

嗯?常识?夜月想。

不过因为石川说了句"不,我不知道",而迷路坂接了一句"我也是",夜月因此松了一口气。她举起手大大方方地说:"我,我不知道!"蜜村和芬里尔用看外国人的眼光看着夜月他们。

这些人的生活是不是过于围绕着密室运转了?

"那么,密室分类是什么?"夜月催问了一句,葛白耸了耸肩膀。

"三年前,以日本发生第一起密室杀人案为契机,法务省制定了密室分类。法务省针对完全密室——也就是门窗都上锁的密室进行了诡计分类。根据法务省对密室类型的大致区分,密室诡计只有十五种。"

十五种,夜月想,还真少。

"无论是什么样的密室杀人案,能使用的诡计一定属于这十五种中的一种。那么,我现在就写出密室分类。法务省制定的密室诡计分类是这样的。"

图书室里有一块白板,不知道是从什么地方搬来的。葛白用黑色马克笔写出了法务省制定的密室分类。

【密室分类（构建密室时使用的诡计分类）】
一、从门下方的缝隙将上锁用的钥匙送回房间。
二、用某种方法旋转房间内侧的旋钮。
三、从秘密通道离开房间。
四、卸下合页，将门取下后重新装好。
五、被害人自己上锁。
六、凶手藏在房间里。
七、将不属于密室状态的房间误认为密室。
八、密室不是发现尸体的房间。
九、使用备用钥匙。
十、发现尸体时，凶手趁乱将钥匙放回房间。
十一、留在房间里的钥匙是假的，事后与真正的钥匙调包。
十二、迅速杀人。
十三、被害人在房间成为密室之前已经死亡。
十四、密室中的被害人因为在室外遭到的攻击死亡。
十五、密室中的被害人因为在室内遭到的攻击死亡。

写下所有模式之后，葛白盖上了马克笔的笔盖，然后用盖好的马克笔敲了敲白板。

"既然密室诡计只有以上十五种，那么这次使用的诡计一定也属于其中之一。

"因此只要一一验证，一定能找到真相。"

"啊？你是说要把十五种模式全部验证一遍？"夜月问。

"对，所以时间可能会有些长，不过我希望大家尽量认真听我说。因为这同样是密室推理的一种仪式。"

一种仪式，这种说法不太好理解。

夜月轻轻点了点头，其他人也点了点头，姑且听一听吧，听一听他口中有些长的推理，毕竟这是密室推理的一种仪式。

"那么，首先从第一条开始验证。"

得到大家的同意后，葛白再次用一本正经的语气开始了。听了他的话，夜月看向白板上的第一种模式——"从门下方的缝隙将上锁用的钥匙送回房间"。

"可以说这是密室诡计中最主流的诡计。"葛白说，"内容现在已经不用解释了，就是在房间外用钥匙上锁，然后用线等工具将钥匙从门下方等处的缝隙送回室内。不过这次无法使用这个诡计，你觉得是为什么呢？蜜村。"

被点名的蜜村生气地说："为什么要问我？"

葛白耸了耸肩。

"因为有助手在我能更好地进行推理。"

"这个我知道，我说的是你为什么任命我来做助手？感觉被你小看了，我不开心。"

蜜村傲慢地把脸转向一旁，虽然她也想起过去推理时，把葛白当成助手来用。葛白也指出了这一点，然后两人开始了没有结果的讨论，这次没有结果的讨论持续了五分钟左右。

蜜村总算妥协了，不情不愿地扮演助手的角色。

"没办法，我就回答你吧，不过这种基础问题我本来不想特意解释的。"她重重叹了一口气，"听好了，否定模式一太简单了。以门下方的缝隙为参考，这个房间里完全没有任何缝隙。所以本来就不可能把钥匙送回房间。另外，钥匙在拧紧盖子的果酱瓶里，而且房间里完全没有用过机关的痕迹。密室诡计不是魔法，绝对不可能违反物理法则。既然不存在'将钥匙送回房间的方法'，也不存在'不留痕迹地盖上瓶盖的方法'，那么凶手就绝不可能使用模式一。"蜜村斩钉截铁地说。

葛白点了点头说："嗯，我也是这样想的。"

蜜村生气地反驳："说什么'我也是这样想的'，一副高高在上的样子。"

总之，模式一被否定了。葛白用马克笔画了一条竖线，画掉了白板上的第一条，然后指着模式二说："接下来就是二，'用某种方法旋转房间内侧的旋钮'模式，不过这个模式也被否定了。蜜村。"

"是是是，这个也由我来回答。"她不高兴地说，"和模式一一样。因为门内侧的旋钮被扭蛋壳盖住了，所以用不了。如果凶手要使用这个诡计，就必须使用某种机械机关（物理机关）旋转旋钮，再使用某种机械机关粘好扭蛋球。可是房间里完全没有看到机械机关的痕迹。墙上和门上都没有缝隙，无法从这两处收回机关。就像我刚才说的那样，密室诡计不是魔法，所以这个模式同样不可能实现。"

葛白点了点头，用马克笔画掉模式二。还剩十三个。

"下面是三——'从秘密通道离开房间'模式。这一条没什么疑问吧？现场所在的西栋没有秘密通道，所以删除这个模式。"葛白画掉了模式三。然后指着旁边的模式四。"接下来是四——'卸下合页，将门取下后重新装好'模式。这个诡计的做法是卸下门后，旋转旋钮让锁舌弹出，然后从房间外侧重新装好门。之前我和蜜村已经验证过了，得到的结论是不可能。因为房门处于关闭状态时，会挡住合页的螺丝孔，这一条也删除。"

模式四被画掉了。

"然后是五——'被害人自己上锁'。这条指的是案件不是他杀而是自杀，或者在室外被刺伤的被害人逃进室内，锁上门把自己关在房间里，然后因为受伤而死亡的情况。这一条要如何排除？蜜村。"

"是是是，又到我出场了。"蜜村噘起嘴说，"这一条也可以轻而易举地否定。被害人社先生的身上有死后伤，通过验尸时检查到的生活反应可以判断。所以就算是被害人自己锁上了门，在他死后，房间成为密室状态，被害人再次受到了袭击。那么袭击他的凶手是如何离开密室的呢？很简单，凶手利用了除模式五之外，其他十四种模式中的一种完成了这件事。"

讨论回到了原地，模式五没有意义。

葛白用马克笔画掉了模式五。

"接下来是六——'凶手藏在房间里'模式。那个房间里没有可供凶手隐藏的地方，这一条也删掉。"

模式六被画掉。

"接下来是七——'将不属于密室状态的房间误认为密室'模式。比如在内开门的门后放置某种障碍物，顶住门让门无法打开。因为门打不开，所以会被误认为上了锁。可是这一次门确实上了锁，这个模式也排除了。"

模式七被画掉。

"然后是八——'密室不是发现尸体的房间'模式。这一项解释起来会有些复杂，比如房间 A 传来尖叫，其他人为了看清房间里的情况打破窗户。可是在实际进入房间之前因为某些状况离开，然后再次回到现场时，由于凶手设下的机关，被引到了房间 B，而不是房间 A，并且在房间 B 发现了尸体。因为凶手的诡计，登场人物将房间 A 和房间 B 混淆。房间 B 的窗户和房间 A 一样被打破了，不过房间 B 的窗户是凶手事先打破的。也就是说，发现尸体的房间 B 的窗户从一开始就被打破了，并不是密室。可是这起案子无法使用这个诡计，为什么呢？蜜村。"

"是，葛白老师。"蜜村自暴自弃地说，"这次我们打破窗户后，立刻进入了房间。"

"没错，不过还有一个原因吧？"

"你是说因为现场在三楼吗？"

"对。"

夜月有些跟不上两人的对话，她举起手说："老师，因为现场在三楼是什么意思？"

"请蜜村副教授回答。"

"谁是副教授啊？"蜜村目瞪口呆，然后叹了一口气说，"很简单，夜月。这次的现场在三楼，三楼只有图书室一个房间，不会与其他房间弄混。只有在犯罪现场出现两个同样布局的房间时，这个诡计才能实现。啊，确实出现过其他楼层有和犯罪现场同样布局的房间，并且导致误会发生的情况。不过大家都知道，西栋是三层建筑，一楼和二楼并没有与图书室同样布局的房间，所以不可能使用类似诡计。"

原来如此。夜月想。白板上的模式八被画掉了。

"接下来是九——'使用备用钥匙'模式。没有备用钥匙，所以排除。"

葛白果断地画掉了九。

"接下来是十——'发现尸体时，凶手趁乱将钥匙放回房间'模式。这是凶手偷偷拿着用来上锁的钥匙，在发现尸体时若无其事地趁乱把钥匙扔在地板上的模式。顺利的话，会让大家误以为钥匙从一开始就在那里。可是这次，钥匙光明正大地被放在尸体旁边，而且在瓶子里。进入房间后，蜜村立刻发现了钥匙，我也查看过，所以无法使用这个诡计。"

因此，模式十也被画掉了。所剩不多，只剩五个。

"然后是十一——'留在房间里的钥匙是假的，事后与真正的钥匙调包'模式。留在室内的万能钥匙是真的，凶手没时间调包。蜜村一直拿着装有钥匙的果酱瓶，她自己也不可能调包，因为我一直在很自然地暗中监视，避免蜜村调包钥匙。"

"你还做过这种事啊，真差劲。"

"总之，模式十一也排除了。"

白板上的模式又画掉了一个。

"然后是十二——'迅速杀人'。"

"'迅速杀人'——我好像在哪里听到过。"迷路坂说。

"这是非常有名的古典诡计之一。"葛白说，"密室被打破时，被害人还活着，只是因为药物睡着了，看起来像是已经死去。这时第一发现人冲上去喊着'你没事吧'，不过其实第一发现人就是凶手。冲上前去的凶手假装确认被害人的生死，其实用藏起来的刀刺死了被害人。换句话说，凶手在所有人面前迅速完成了杀人。"

原来如此，所以才叫"迅速杀人"啊。夜月想。不过在所有人面前完成杀人实在太可怕了。

"不过这个诡计有一个缺点。"葛白说，"那就是发现尸体的时间与被害人的推测死亡时间将格外接近。所以只要验尸，就能轻易判断出是否有迅速杀人的可能性。石川先生。"

突然被点名的石川吓了一跳，肩膀一震。然后露出一丝苦笑："不要突然叫我的名字。怎么了？"

"社先生的推测死亡时间。发现尸体时，距离他死亡已经过去了多久？"

"应该是，"石川回忆，"经过了两个小时左右吧。"

"那就不可能进行迅速杀人了。"

模式十二被画掉，还剩三个。

"接下来是十三——'被害人在房间成为密室之前已经死亡'

模式。比如房间的钥匙在早上被使用过，到了下午，钥匙在众人的视线中，无法使用。因为被害人在下午被杀，所以钥匙无法使用，房间成为密室。然而实际上被害人不是下午被杀的，而是上午，当时钥匙可以随便使用，门可以随便上锁。而现场成为密室，准确来说是钥匙在众人的视线中消失的时间是从下午开始的，房间在上午并不是密室。虽然锁着门，可是严格来说那并不是密室，所以就变成了'被害人在房间成为密室之前已经死亡'。不过这个模式——"葛白环顾众人，"与这起案子完全无关。因为在这起案子中，万能钥匙是在成为密室的房间里发现的，而在模式十三中，钥匙绝不可能出现在房间里，所以排除。"

模式十三被画掉，终于只剩下两个。

"那么，轮到十四模式。"葛白用盖着盖子的马克笔敲了敲白板，"'密室中的被害人因为在室外遭到的攻击死亡'模式，指的是被害人身处上锁的房间，但凶手没有进入房间，而是在房间外利用某种方法杀人。比如利用强力磁铁控制房间里的金属书架，让书架倒下砸死被害人之类的。可是这一次无法使用。为什么？"

"我我我！"夜月举起手，表情严肃地说，"因为这起案子里，被害人没有被压在书架下面。"

夜月看着葛白，一副"怎么样，我很厉害吧"的表情。葛白怜悯地看着夜月。为什么呢？

"算了，蜜村副教授，拜托你了。"

"知道了，葛白老师。"蜜村耸了耸肩膀说，"很简单。被害人社先生不是在图书室被杀害的，而是在社先生自己的房间。"

有点儿不明白她在说什么。社先生确实是在自己的房间被杀害的，然后尸体被移到了图书室。可是那又如何呢？

"不明白吗？"蜜村副教授问。

"不明白。"夜月说。

"那我给你一个提示，非常简单。"蜜村微微一笑，"凶手把尸体搬进了房间，然后用了模式十四，你不觉得这很奇怪吗？"

"奇怪？啊，这样啊。"夜月终于意识到了。

尸体在被搬进房间的时候，被害人已经死了，因为是尸体嘛。可是这样一来就无法完成模式十四——"密室中的被害人因为在室外遭到的攻击死亡"了。模式十四无法使用。因为模式十四的前提是活着的被害人亲手给房间上锁。

"顺带一提，如果被害人被搬到犯罪现场时一息尚存，那么就和模式五一样了，而模式五已经被否定。"蜜村补充。

夜月看起来已经接受，于是葛白画掉了模式十四。只剩下一个模式了。

"最后是模式十五"。葛白宣布，"'密室中的被害人因为在室内遭到的攻击死亡'模式。需要在房间里设置某种机关，比如定时发射刀子的机械装置。被害人亲手给房间上锁后，坐在沙发等地方休息，然后被飞来的刀子刺死。可是这次无法使用这个诡计，理由和模式十四一样。被害人的尸体是从别处移动到这里的，所以模式十五可以用和模式十四同样的理由排除。"

模式十五被从白板上画掉了。

"啊。"夜月叫了一声，其他人也不安地看着白板，上面写着十五种密室模式。根据葛白的推理，已经全部被马克笔画掉了。

"怎么回事，香澄？"夜月疑惑地说，"十五种密室诡计里，这起案子不符合任何一种模式。"

葛白微微耸了耸肩膀说："就是这么回事，使用现有的密室诡计无法重现这次的密室。"

"怎么会？"

疑惑变成了绝望，那么现场为什么会变成密室呢？密室诡计不是魔法——刚才在葛白推理时担任听众的蜜村说过这样的话。既然不是魔法，就无法做到物理上不能实现的事情。

可是，无论怎么看——

"魔法。"

"不是魔法。"葛白的声音压过了夜月的声音。

"这次的案子确实无论怎么看都是不可能犯罪，甚至让人觉得不可能用物理方式重现。不过，那个唯一能够重现这种不可能状况的诡计是存在的，实际上还极为简洁，不属于现有诡计体系中的任何一种。"

这就是——夜月屏住呼吸，不属于十五种密室模式的任何一种，不属于法务省的密室分类，是第十六种诡计吗？

"究竟是什么样的诡计？"

夜月说完，葛白轻轻笑了笑，"我现在就为大家重现，蜜村。"

"什么？"

"你来扮演尸体。"

蜜村睁大眼睛，明显闹起了别扭，她噘着嘴说："为什么是我？"

"拜托了，蜜村副教授。"

"我不是副教授。"

"那么，光速侦探小丑。"

"为什么光速侦探小丑要扮演尸体啊？"

两人又争论了一会儿。蜜村还是不情不愿地屈服了，扮演起尸体。

"那么我现在开始重现诡计。"葛白宣布完，假装用刀子捅了蜜村。

"啊。"蜜村倒在地板上，葛白握着蜜村的双手，在地板上拖了一米左右。

"首先，凶手杀害了社先生，把他搬到这间房子里，实际上不是用拖的，应该是背到这里来的。"葛白说。

"然后，"葛白从口袋里取出钥匙，是西栋的万能钥匙，"把钥匙放进果酱瓶里，盖好盖子。"

葛白拿起放在房间角落的果酱瓶，把万能钥匙装进去，像他自己说的那样拧紧盖子，放在扮演尸体的蜜村旁边。从这时起，万能钥匙就无法使用了。

葛白看着所有人说："从现在开始，我要把这间房子变成密室。"

除了扮演死者的蜜村，所有人都对他的话感到疑惑，包括芬里尔、石川和迷路坂，当然还有夜月。从现在开始，把这间房子变成密室，究竟要怎么做呢？

在众人疑惑的目光中，葛白慢条斯理地打开门来到走廊，一把关上了门。葛白的声音隔着门从房间外面传来。

"现在,我要把这间房子变成密室了。"

话音刚落,传来了什么东西插进钥匙孔的声音,然后门内侧的旋钮立刻慢慢旋转。

"咔嚓"一声,门被轻松地锁上了。

"啊。"夜月情不自禁地叫了一声,立刻冲到门前,转动门把手拉了拉,门打不开,完美地锁上了。

究竟发生了什么?为什么门会锁上?

夜月混乱了,转动旋钮打开了门。门开后,夜月把自己的疑惑一股脑地抛给了走进房间的葛白。

"究竟是怎么回事?"夜月一头雾水地问,"你究竟是怎么锁门的?"

"啊,这个啊,"葛白从口袋里取出了某个物体,"用这个上锁。"

葛白手里拿着的是钥匙,形状修长的西栋房间钥匙。夜月的思绪越来越混乱,什么意思?用钥匙上锁?难道这把钥匙是——

"备用钥匙?"

听了夜月的话,葛白苦笑着说:"没有备用钥匙啊,能锁上图书室的门的,只有放在果酱瓶里的万能钥匙。这不是大前提吗?"

"可、可是,既然不是备用钥匙,那这把钥匙究竟是?"

"啊,这个吗?"葛白举起手里的钥匙,"这是我房间的钥匙。"

夜月忍不住笑出声来,她以为葛白在开玩笑。

"你在说什么啊,香澄?"她用责备的语气说,"你房间的钥匙不可能锁上图书室的门吧？你房间的钥匙只能锁上你房间的门吧？"

这是连小孩都懂的道理。

可是葛白听了夜月的话，只是耸了耸肩，然后用给小孩讲道理的语气说："嗯，所以，门被换了。卸下合页，我的房门和犯罪现场图书室的门交换了。这样一来，犯罪现场的门就能用我房间的钥匙锁上了对吧？"

……

"换门？"

夜月小声嘟囔，我点了点头。包括图书室在内，西栋房间的门全都一样。所以只要卸下合页，就可以和其他房间的门交换。凶手利用这一点，交换了自己房间和犯罪现场图书室的门。图书室的门其实是凶手房间的门，凶手可以用自己房间的钥匙让图书室成为密室。这样就能把万能钥匙留在室内，然后给门上锁。

我看着躺在地板上扮演尸体的蜜村。她目瞪口呆，过了一会儿小声嘟囔着："你真的找到真相了。"大概只有我听到了她的声音，我点了点头。

然后，我转向夜月，夜月疑惑地歪着头。夜月似乎没有意识到，多亏了她我才能发现这个密室诡计。今天早晨，我弄混了橘皮果酱和苹果酱的瓶盖时，是夜月打开瓶子交换了两个瓶盖。我在看到这一幕的瞬间，想到了交换房门的诡计。与此同时，我想到了和蜜村一起检查图书室房门合页时的情况。当时我注意到合页的螺丝松了,虽然蜜村说那是我的错觉,不过那的确不是错觉。密室诡计的痕迹已经留在了那里。

卸下合页,取下门板再装上门,即使是现在,室内装修人员也会频繁进行这一系列操作,就算是外行,只要不断进行相应的练习,也有可能在较短的时间内实行。如果操作熟练,或许连十分钟都用不到。而且来到酒店的第一天我就检查过,西栋所有房间的门都是中空的平板门。因为是木门,所以门的重量大约在十千克,无论男女都可以完成换门的操作。

于是,自从我发现这个诡计之后,始终萦绕在脑海中的两个疑问解开了。

"这个案子里有两个无法解释的点。"我竖起右手的两根手指说,"第一个是凶手为什么要把尸体移到图书室,另一个是凶手为什么要撕掉留在门上的胶带碎片。"

乍一看,这两个行为都没有任何意义,可事实上其中存在着充分的理由。

"首先,我们从第一个疑问开始思考。凶手将社先生的尸体从社先生的房间移动到图书室的理由。乍一看,社先生的房间和图书室,无论尸体在哪个房间被发现,差别都不大。可是对凶手来说并非如此,尸体必须在图书室被发现。"

以夜月为首,大家听了我的话后都露出一副无法理解的表情。

"什么意思?"夜月问。

"理由很简单。"我回答,"因为图书室没有专用的钥匙,只能用万能钥匙打开,这件事的意义重大。换门诡计其实有一个巨大的缺点。假设凶手用这个诡计将社先生的房间布置成密室，而没有选择图书室，假设发现尸体的现场是社先生的房间，那么凶手就需要交换自己和社先生的房门，而现场必须留下所有能上锁的钥匙——也就是万能钥匙和社先生的房间钥匙这两把。如果不把所有能上锁的钥匙留在室内，密室就不成立。那么，凶手把万能钥匙和社先生的房间钥匙留在室内，用自己房间的钥匙上锁后，密室看似就完成了，可是这个密室并不完美。虽然乍一看是完美的，其实并非如此。"

"什么意思？"夜月疑惑地问，"我觉得没有任何问题啊。"

"是因为换门造成的缺点。"我说，"凶手把自己的门安在了社先生的房间，于是可以用自己房间的钥匙上锁对吧？可是另一方面，这扇门没办法用社先生的房间钥匙上锁了。明明是社先生的房间，却无法用他的房间钥匙上锁，这明显是不自然的，而且凶手为了制造密室，要把社先生的房间的钥匙留在室内。侦探发现现场是密室之后，首先会确认钥匙是不是真的。当然，那把钥匙无法锁上社先生的房门。侦探会由此判断钥匙是假的，密室不成立。"

实际上，室内留下的确实是社先生的房间的钥匙。可是侦探不知道门被换过，当侦探发现钥匙无法使用时，就会认为钥匙被替换成了十分相似的赝品。钥匙明明是真的，却被当作赝品。

"可是图书室没有专用的钥匙。"我说，"图书室的门只能用万能钥匙上锁，而万能钥匙可以为西栋的所有房门上锁。同理，它也能锁上凶手的房门。"

在发现社先生的尸体时，我和蜜村确实检查了万能钥匙的真伪，确定万能钥匙可以锁上图书室的门。当时图书室的门已经和凶手房间的门交换了，可是无论是图书室的门还是凶手房间的门，万能钥匙都可以锁上。就算换过门，使用万能钥匙也不会发现门被交换过的事实。所以凶手将社先生的尸体搬到了图书室——不存在专用的钥匙，只能用万能钥匙上锁的图书室。

"这是第一个疑问，尸体移动的动机之谜的答案。"我说，"接下来是第二个疑问，凶手为什么要撕下留在门上的胶带碎片。这个问题的答案很简单。"

胶带碎片明明不需要撕掉，凶手为什么要特意撕掉呢？

"凶手并没有撕掉胶带碎片。在社先生的尸体被发现后，凶手把交换过的门复原了，就在大家都睡着之后。所以粘在犯罪现场门上的胶带碎片会出现在凶手的房门上，看起来就像是凶手撕下了犯罪现场门上的胶带碎片。"

而现在，透明胶带的碎片一定还粘在凶手的房门上。现在只要检查所有人的房门，就能马上发现谁是凶手。可是恐怕没有这个必要了，因为我已经知道凶手是谁。

找到真相的人并不是我。

"蜜村。"

我叫出了她的名字。躺在地板上扮演尸体的蜜村诧异地站起身。

"什么？"

"你来告诉大家谁是凶手。"

听了我的话，蜜村的表情更加诧异了。她噘起嘴不高兴地说："你自己说明不就好了嘛。"

"可是发现凶手的人是你吧？"我耸了耸肩膀，"既然如此，就该由你来说明。我不是那么厚颜无耻的男人，不会用别人的推理成果到处宣扬。"

蜜村轻轻笑了笑，小声说："说什么'不是那么厚颜无耻的男人'，还一副高高在上的样子。"

然后她挠了挠长长的黑发："好吧，侦探角色换人。从现在开始，在包括我和葛白在内的六名嫌疑人中，我将用逻辑推导出谁是凶手。"

…

"推理的重点在于留在现场的扑克牌。"蜜村说，"社先生的尸体旁出现的是红桃9，而那张扑克牌是从之前杀害四个人的凶手梨梨亚那里偷来的，梨梨亚将扑克牌藏在了手机壳的暗格里。"

"暗格？"芬里尔疑惑地问。

"是这样的机关。"蜜村向大家解释。手机壳上有装饰性的突起，像表冠一样。拉五下表冠，然后再按五次，就会出现暗格。

"社先生被杀的那晚，梨梨亚把手机忘在了大堂的沙发上。"蜜村说，"理论上来说，任何人都有机会从里面偷出扑克牌，可是有机会和实际偷了是两回事。拉五下后再按五次，如果不做这个特殊动作，暗格就不会出现，凶手也无法偷到扑克牌。而梨梨亚做证，她没有告诉任何人这项特殊操作。"

除了梨梨亚之外,没有人能从手机壳里取出扑克牌。更准确地说,甚至没有人知道扑克牌放在手机壳里。

"可是凶手确实偷了梨梨亚的扑克牌。"石川带着沉思的表情说,"那么肯定是凶手从某个地方知道了这个操作方法。单纯地推测的话,应该就是在梨梨亚从手机壳里取出扑克牌的时候偷偷看到了之类的。"

"可是很难。"蜜村摇了摇头,"梨梨亚说自己只在房间里打开过手机壳,凶手无法轻易偷看到。"

"啊,那么安装针孔摄像头呢?"夜月灵机一动,"只要在梨梨亚的房间里安装摄像头,就能偷看到房间里的情况吧?"

蜜村摇了摇头:"很遗憾,那也不可能。"

"嗯?为什么?"夜月问。

"因为梨梨亚有检查针孔摄像头的机器。她用那个机器看过房间的各个角落,检查有没有针孔摄像头。梨梨亚是职业杀手,如果有针孔摄像头,她一定能发现。"

"可是有可能在梨梨亚检查之后,凶手潜入房间安装了摄像头啊。"夜月强词夺理地说。不过她的意见依然被蜜村否定了。

"不,那也不可能。梨梨亚房间的门把手上装了在建材超市买的辅助锁,只有拿着辅助锁钥匙的梨梨亚能进入她的房间,其他人就算使用西栋的万能钥匙也进不了她的房间。梨梨亚来到酒店后马上装好了辅助锁,因此凶手不可能在那之后潜入房间安装针孔摄像头。"

听了蜜村的解释,夜月点点头接受了。然后有人代替夜月接着强词夺理。

"那么，这样如何？"说话的人是迷路坂，"梨梨亚检查针孔摄像头是在她从手机壳里取出扑克牌之后。那时针孔摄像头可能已经拍下了梨梨亚打开手机壳机关的画面，而梨梨亚在那之后用机器发现了摄像头，可是画面已经通过电波传到了凶手那里。"

蜜村还是摇了摇头。

"不，那也不可能。按照迷路坂所说，那么梨梨亚就应该知道安装针孔摄像头的人，假设叫作X吧，梨梨亚就会知道这个X发现了'自己是扑克牌的主人'。可是梨梨亚在犯罪现场留下了扑克牌，二者明显是相互矛盾的行为。因为X只要看到了留在犯罪现场的扑克牌，就会发现那是梨梨亚的东西，她是凶手的真相就会轻易暴露。由此可知，梨梨亚在现场留下扑克牌的事，刚好证明了她的房间里没有安装针孔摄像头。"

杀害社先生的凶手果然不可能利用针孔摄像头偷看到梨梨亚打开手机壳的样子。那么凶手要想看到梨梨亚房间里的情景，能够使用的方法就很有限了，应该说只有一个。

我说出了那个方法："凶手是从梨梨亚房间的窗户偷看到里面的情景的。"

听了我的话，蜜村轻轻笑了笑。她本来是推理的助手，可是演技有些糟糕。她清了清嗓子说："没错，葛白，凶手只能透过窗子偷看房间里的景象。"

"可是这样就有些马虎了吧？"夜月说出了疑问，"明明有可能被人从窗户看到，梨梨亚还要从手机壳里取出可以成为犯罪证据的扑克牌吗？"

"不，并非如此。"蜜村摇了摇头，"梨梨亚的房间只有一个窗户，而且拉着窗帘。只是窗帘碰巧破了一个小洞，只要靠近窗户就能通过小洞看到房间里的情景。梨梨亚恐怕没有发现窗帘上的洞，因为那个洞非常小，只有把眼睛贴上去才行。而且窗帘始终拉得紧紧的，没办法用望远镜从远处偷看。那么，凶手要想看到房间里的情景，必须靠近窗户透过窗帘上的小洞偷看。"

听了她的解释，大家都点了点头，应该是接受了。

"可是，"这时，芬里尔提出了新的疑问，"这究竟有什么意义呢？凶手靠近窗户，透过窗帘上的洞偷看房间，所以知道了梨梨亚打开手机壳的方法。到这里我都明白。但任何人都可以靠近窗户偷看梨梨亚的房间吧？我不觉得这件事和凶手的身份有关系。"

蜜村轻轻笑了笑。

"不，有关系。"

她挠了挠黑亮的长发："因为在我们之中，只有一个人能够偷看梨梨亚的房间。当然，包括我和葛白在内。"

她的话让大家紧张起来，也就是说，只有一个人偷看过那扇窗户，而那个人正是杀害社先生的凶手。

"究竟为什么？"夜月疑惑地问，"为什么只有一个人能偷看梨梨亚的房间？"

蜜村微微耸了耸肩膀说："虽然是我自己说的，不过这句话的表述并不准确。严格来说应该是，'梨梨亚在自己的房间时，只有一个人能够偷看梨梨亚的房间'。"

夜月又歪了歪头说:"我不太明白其中的区别。"

"很简单。凶手是偷看窗户时知道了打开手机壳的方法,那么凶手只有在梨梨亚在房间里时偷看才有意义。举例来说,在梨梨亚到达酒店之前偷看房间,就没有任何意义。"

夜月点了点头。

"因此梨梨亚什么时候在自己的房间,思考这个时间段就非常重要。"蜜村说,"梨梨亚到达雪白馆之后,在大堂喝了茶,然后回到自己的房间。她好像和真似井因为综艺节目的调查表吵了一架,在她回到房间后,马上就开始下雪了。雪很大,虽然只下了三十分钟左右,不过院子里已经是白茫茫一片。"

雪现在还没有融化。我们来到酒店之后,只下过一场雪。

"梨梨亚住的别馆周围也积了雪。"蜜村说,"而且别馆周围的雪上没有留下任何人的脚印。当然,别馆的周围也没有脚印。这件事暗示着一个事实。"

"积雪后,没有人靠近过那扇窗户,因为靠近就会留下脚印,这就意味着,在积雪之后,没有任何人透过梨梨亚房间的窗户向里偷看。"蜜村对所有人说,然后露出一个浅浅的笑容,"让我们再来整理一下信息吧。雪是在梨梨亚到达房间后立刻开始下的。而积雪之后,凶手无法透过窗户偷看。那么凶手能够透过窗户偷看的时间就在开始下雪之后到雪停之前。有机会的时间其实非常短,凶手在这段时间里碰巧透过梨梨亚房间的窗户看到了屋内的景象。"

蜜村冷冷地说:"那么,在那段时间里,没有不在场证明的人就是凶手。"

从开始下雪到雪停,时间很短,在此期间没有不在场证明的人就是凶手。

我回忆起当时的情景。梨梨亚离开大堂,外面开始下雪,当时几乎所有在酒店里的人都聚集在大堂。除了还没有到达的神崎之外,几乎所有人都在,工作人员诗叶井和迷路坂也在。

只有两个人不在,梨梨亚,以及那个人。

那个人是在雪下了十分钟之后回到大堂的,银发被雪打湿,而且给了我一个雪做的兔子。

"所以凶手只能是你。"蜜村指向她,"芬里尔·爱丽丝哈扎德,你就是凶手。"

……

芬里尔微微睁大了眼睛,然后嘴边浮起一个温柔的笑容,只说了一句话:"回答正确。"

银发微微晃动,她的坦白意味着雪白馆发生的一连串杀人案件真正结束了。

幕间　以密室为名的免罪符

芬里尔的母亲被骗子欺骗以至于上吊自杀的时候，她才十岁。无论流下多少眼泪，母亲都不会再醒来，父亲只是平静地说："祈祷吧，你母亲的灵魂会得到净化，带给我们幸福。自杀也是一种杀人。虽然能量比真正的杀人小，但是只要尽力祈祷，你母亲的死就一定会变成某种有意义的东西。"

距离父亲和母亲加入奇怪的宗教已经过去了多久呢？等芬里尔回过神来，她自己也已经加入其中，在每周的休息日参加着奇怪的集会。别说是神了，芬里尔曾经是连灵魂都不相信的少女，却在不知不觉间出人头地，等她意识到的时候，已经晋升为奇怪宗教的骨干。一定是因为芬里尔既优秀又美丽吧。神奇的是，她的讲解大家都能听进去，信徒的数量因此越来越多。成年人真的都是傻瓜，竟然会相信不信神的人说出的话。所以哪怕母亲自杀了，父亲也能说出"祈祷吧"这样的话。重要的不是祈祷，应该是复仇才对。

芬里尔利用奇怪宗教的骨干地位，成功找到了欺骗母亲的骗子。他的名字似乎叫社先生，芬里尔想立刻杀掉他，可是她并不希望被警察抓住。她认为，因为向自己憎恨的人复仇而付出代价是不对的，她不想进监狱。进监狱意味着"赎罪"。她明明没有做坏事，她不想赎罪。

在她烦恼的过程中，发生了一件事，全社会都轰动了。一名初二的女生杀死了自己的父亲，那是日本的第一起密室杀人案。

令人不敢相信的是，女孩被判无罪，这个判决很荒唐，不符合社会常识。可是芬里尔却为那次判决感到欢喜。只要成功完成密室杀人，就完全不会被问罪。现在想来，她或许就是从那时开始爱上密室的吧。

从那以后，芬里尔几乎会将每一天的全部时间都用在思考密室诡计上，一心想着用什么样的密室诡计杀死社先生。在母亲死后，那段日子让她第一次感受到愉快。渐渐地，目的和手段在她心中逆转，不是为了给母亲复仇而实施密室杀人，而是为了实施密室杀人而希望为母亲复仇。

对她来说，密室就是免罪符。是以信仰之名印出的纸，就算杀人也能得到原谅。三年前，一名少女犯下的案子改变了密室的含义。

芬里尔继续准备谋杀社先生的计划，与外界隔绝的暴风雪山庄是最好的地点。只要没有警察介入，就能扩大可使用的诡计范围，所以如果要进行密室杀人，那么暴风雪山庄就是最合适的地点。

于是芬里尔在雪白馆邂逅了那名少女——蜜村漆璃，可是芬里尔没有发现她的真实身份，不过她发现那个女孩和自己一样爱着密室。

后记

日本第一起密室杀人案发生三年零一个月后

案子解决后又过了半天时间，救援人员才来到雪白馆，我们将案件的凶手芬里尔交给警察。我们本想把梨梨亚一起交给警察的，可是不知在什么时候，梨梨亚从被监禁的房间里消失了，像一股烟一样——才怪。恰恰相反，因为天花板破了，所以她应该是从那里逃走的。作为逃离密室的方法，这实在有些简单。

　　酒店大门口的监控拍下了梨梨亚逃离酒店的影像，可是不知道她逃走后去了哪里。因为桥断了，她应该躲进了社先生曾经进过的森林。梨梨亚生死不明，警察和媒体至今依然在寻找这位杀手兼国民女演员。

　　至于蜜村漆璃，由于自己的密室诡计曝光，如今正被媒体围攻，情况很糟——才怪，完全没这回事，她现在一定在某个地方悠闲度日吧？蜜村说自己曾经用过的诡计和社先生被杀一案中用到的诡计相同，可是冷静下来想想，这是不可能的。那是只有在没有专用钥匙——只能用万能钥匙上锁的图书室才能使用的诡计。如果在有专用钥匙的房间使用这个诡计，那么现场必须留下专用钥匙，而最先发现尸体的人们一定会检查钥匙是不是真的。然而犯罪现场的门与其他房间的门交换过，所以留在房间里的专用钥匙是无法锁上现场的门的，那么人们会误以为钥匙是假的，密室不成立。

　　话说回来，如果房间里没有留下专用钥匙，那么密室从一开始就无法成立。因为在大多数情况下，密室只有在所有能够上锁的钥匙都留在房间里时才会成立。

所以在有专用钥匙的房间里，无法使用换门的诡计，而在蜜村的父亲被杀害的案件中，现场有专用钥匙。

离开雪白馆时，我问了蜜村这件事，她耸了耸肩膀说："这是一场大误会。"真的是误会吗？还是她在捉弄我？我不得而知。

不过我应该不会再见到她，我们也没有交换联系方式，根本没办法见面。直到现在我依然很后悔，这真是一件非常悲凉的事情。

…

寒假结束后，我来到学校，听说隔壁班来了一名转校生，据说是个外貌相当出众的美少女，同学们都因此而热烈讨论着。我漫不经心地附和，可朋友一个劲儿地强调："我说真的，而且她的名字一听就很美。"

"名字也很美？"真是奇怪的说法，"她叫什么？"

"叫什么夏村祭。"

"Natsumura Matsuri。"我小声念叨，"夏"和"祭"的汉字确实挺有美少女的感觉。可是怎么回事？我总觉得在哪里听到过这个名字。

"我去一下洗手间。"我说完后站起身来。

"早上的班会马上就要开始了啊。"朋友说。

"我速战速决。"真是奇怪的虚张声势啊。

我急急忙忙地向洗手间走去，看到一名老师从走廊的另一边走来，是隔壁班的班主任，他身边站着一名高中女生，就是那名转校生。确实如传言所说，是很漂亮的美少女，可说实话，长相怎样都无所谓了。因为此时此刻，她再怎么漂亮对我来说也不重要。

我们看着彼此惊呼了一声，我对这位转校来的少女说："蜜村。"声音听上去像喘不上气一样。

"谁是蜜村？"蜜村说，"我是夏村。"

不，怎么看都是蜜村吧。

我拉着她的手来到走廊的角落，压低声音对她说："夏村是谁啊？"

"是我的本名。"

"不可能吧？怎么，是假名吗？"

"对，假名。"

"为什么要用假名？"

"你看，我也算是名人，用本名来上学有些不方便。"她微微一笑，"所以，在学校要叫我夏村。"

我点了点头，然后回了她一个微笑："可是，社团活动的时候我会叫你蜜村。"

蜜村歪着头问："什么社团？"

我回答："当然是文艺社。可是社员只有我，已经快黄了。"

蜜村哼了一声，笑着说："就这样黄了不是挺好的吗？"

我说："还是要想想办法。"然后用各种办法说服她加入，说到了书架上摆放的书籍，以及不知道为什么放在社团活动室里的一排排桌游。

蜜村一边听我的劝说，一边装腔作势地说："嗯，怎么办好呢？"不过我有预感，我们一定会再一次开始密室冒险。

"好像会很开心。"她看着热情发言的我，半开玩笑地说，"你见到我高兴吗？"

我想岔开话题，结果还是老老实实地说出了当时的心情。

"开心，能再一次见到你，我很开心。"

蜜村睁大眼睛，有些不好意思地说了句："是吗？"

我对她说："因为我总算找到了你用过的密室诡计的真相。"

…

"那就说来听听吧。"

放学后，我们在文艺社的社团活动室见面。蜜村加入社团后的第一次活动，用来破解她制造的密室杀人案的真相。

"我提前说好，我没有确切的证据。"我坐在单人椅上说，"只是假设。如果是这样，就可以解释那个密室的状况——就是这种程度的假设，所以你随便听听就好。"

"突然打预防针，太俗气了。"

"土里土气的推理就是我的长处嘛。"

"我觉得这两个词算不上什么长处。"

我们在窗边相对而坐，总觉得很怀念。初中时，我们经常像这样坐在彼此对面玩奥赛罗棋，给对方看自己的小说，闲聊。

我清了清嗓子。

"那么，首先我来确认现场的情况。现场是完美的密室——

房门没有任何缝隙，甚至无法将钥匙系在绳子上穿过。窗户是嵌死的，无法进入。房间没有备用钥匙或者万能钥匙，唯一的钥匙是从房间里——尸体旁的桌子抽屉里找到的，而且抽屉还上了锁，钥匙在被害人的口袋中。

挂着钥匙的钥匙扣上刻着房间号，不过钥匙上没有刻房间号，可以通过交换钥匙扣的方式，用其他房间的钥匙伪装成现场的钥匙。然而实际上不可能完成，因为第一个发现尸体的管家和女仆确认过钥匙是真的。他们确认过用那把钥匙可以锁门，所以放在抽屉里的钥匙是真的，不可能和赝品交换过。"

我在没有看笔记的情况下一口气说完，蜜村睁大了眼睛："葛白，你全都记得？"

"算是吧。"

"真恶心，像跟踪狂。"

她直白地表现出厌恶，我很受伤。她做出暂时和我保持距离、保护自己的动作，不过一会儿就觉得没意思了，话题又回到原来的方向。

"那么，我究竟用了什么样的诡计呢？"她微微探出身子问，"我想现场怎么看都是完美的密室。"

我点了点头。

"确实是完美的密室，我也想过很多，不过现场不符合法务省制定的十五种密室诡计的任何一种，所以我觉得你是不是用了第十六种诡计？"

"之前的换门诡计啊。"

"可是换门诡计也不能用,因为现场的房间有专用钥匙。"

存在专用钥匙的房间无法使用换门诡计,这是我以前得出的结论。

"那要怎么做呢?"蜜村笑着说,"结果密室依然没有解开。"

我也笑了起来:"这个嘛,解开了哦,不过有些犯规。"

"有些犯规?"

"犯罪现场没有备用钥匙——这个前提很重要。"

蜜村歪着头想了想,还是挠了挠黑发问:"什么意思?"

"也就是说,'犯罪现场没有备用钥匙'——这个前提不能打破。相对的,我用对自己方便的方式解释了这个前提,也是钻了规则的空子,所以有些犯规。"

蜜村对我的话产生了兴趣,她微微一笑,露出几分认真的表情说:"那我问你,你究竟是如何解释这个前提的?"

"我的解释,"我说,"是犯罪现场之外的房间有备用钥匙。"

我看见蜜村慢慢睁大了眼睛,然后我将自己得出的结论告诉了她:"假设其他房间有备用钥匙,那就能让我本以为不能用的换门诡计复活。假设犯罪现场与'隔壁房间A'的门交换了,那么犯罪现场的门就可以用'隔壁房间A'的钥匙上锁。而'隔壁房间A'有备用钥匙,因此可以将'隔壁房间A'的一把钥匙留在犯罪现场,然后用'隔壁房间A'的第二把钥匙上锁。钥匙上挂着钥匙扣,而钥匙上并没有刻房间号。那么,只要交换钥匙扣,就有可能将留在犯罪现场的'隔壁房间A'的钥匙伪装成犯罪现场真正的钥匙。在发现尸体时,就算第一发现人检查留在现场的钥匙——'隔壁周警官 A"的制服，由于门已经太旧了，所以他准备新的门是可以用的新制服和被送来了真正的他准备新的制服。"

"周警官 A"的制服碰上的，于是未来是醒着的，"周警官 A"的制服和接近以为了真正的他准备新的制服。"

我说完后，他们准备材料的反应。尤其这几位其中也在同们就跑着楼门口后，根据为他准备新上碾的制服就变成了两份——

因为存在着每用的制服，而与此相反，"周警官 A"则没有备用的制服，他跑步少了一和，警察就开不会意识到进制服之间的问题了，的确需没有的人会员下几分有接的怀疑。

另外，这个设计中尤在在重大的问题，那就是其他的"周警官 A"呢？那样生活其在在一同有的来与他准备新制服起来发生的门，并且有备用的制服的同？我找计和制服件相关的条件都有，可是有没有找到我需要和真的信任。我还没有清楚地开着件事情重要的拼图。

"所以说，一直相向你。"我问他在对面的案件，"那里就有的""你住在宅里。在"周警官 A"，吗？"

我在我人椅上的摆材像一张，目光透过镜片摇摆着了一样，他她的眼发涨成了紫褐色。

我一次等待她的回答，一沉后，无这车家蝶出了方向右转。
我心里有些。

如果在，"周警官 A"，那么是就解开了那布置的案室之谜，就会非常开心。

—— 如果不存在，"周警官 A"是。

就说明世界上还存在着有人知道的案室的设计。

291

对我们这样的人来说,同样是非常令人开心的事情。

当日的傍晚,在那晚霞染红的夕照中,我在等待塞村的回信。

过了几天,她冷冷地寄出了答案。

第20届“这本推理小说了不起！”大奖选拔结果

第20届“这本推理小说了不起！”文库奖最高奖项获奖作品《馆与密室》，改名并修订后正式出版。

本故事纯属虚构，与一切真实人物、团体无关，如有雷同纯属巧合。

第20届“这本推理小说了不起！”大奖于2021年8月23日公布结果。

该奖项为公开招募的小说新人奖，目的是发掘、培养推理及通俗小说作家。由宝岛社发行并企划，旨在发掘新人才。

【文库奖最高奖】《馆与密室》金平糖

日本出版书名为《密室黄金时代的杀人事件——雪白馆与六个诡计》

作者笔名为鸭崎暖炉